群峰之上
——自然写作十家诗选

李少君 北乔 主编

中国书籍出版社
China Book Press

图书在版编目（CIP）数据

群峰之上：自然写作十家诗选 / 李少君, 北乔主编. —北京：中国书籍出版社, 2021.10
ISBN 978-7-5068-8745-8

Ⅰ.①群… Ⅱ.①李…②北… Ⅲ.①诗集－中国－当代 Ⅳ.①I227

中国版本图书馆CIP数据核字（2021）第212052号

群峰之上：自然写作十家诗选

李少君　北　乔 主编

图书策划	武　斌　崔付建
责任编辑	成晓春
特约编辑	罗路晗
责任印制	孙马飞　马　芝
封面设计	鸿儒文轩
出版发行	中国书籍出版社
地　　址	北京市丰台区三路居路97号（邮编：100073）
电　　话	（010）52257143（总编室）　（010）52257140（发行部）
电子邮箱	eo@chinabp.com.cn
经　　销	全国新华书店
印　　刷	三河市华东印刷有限公司
开　　本	880毫米×1230毫米　1/32
字　　数	325千字
印　　张	11.25
版　　次	2022年1月第1版　2022年1月第1次印刷
书　　号	ISBN 978-7-5068-8745-8
定　　价	68.00元

版权所有　翻印必究

目录

沈苇诗选

开都河畔与一只蚂蚁共度一个下午 …… 3

沙漠的丰收 …… 4

雪　后 …… 5

罗布泊 …… 6

达浪坎的一头小毛驴 …… 7

昭苏之夜 …… 8

喀纳斯颂 …… 10

蚂蚱协奏曲 …… 23

麻扎塔格 …… 25

为植物亲戚而作 …… 29

树与果实 …… 30

住在山谷里的人 …… 31

橡树林 …… 33

海与海的相遇 …… 34

为杏花而作 …… 36

西边河 …… 37

喀拉峻歌谣 …… 38

白　杨 …… 40

把一株青菜种到星辰中间 …… 41

无尽夏 …… 42

创作谈　自然写作与植物诗 …… 44

胡诗弦选

下　游	55
丹江引	55
仙居观竹	56
卵　石	57
林　中	58
西樵山	59
尼洋河·之一	61
星　相	62
树	63
过洮水	64
嘉峪关外	65
沙　漠	66
地平线	67
鸟在叫	68
行　舟	69
蛙　鸣	70
小谣曲	73
山　鬼	73
雀　舌	74

创作谈 随笔五则 …… 76

李元胜诗选

对　湖	87
蜀　葵	88
南　山	89
李花落	89
沉默的钟	91
北屏即兴	92
玛　曲	93
九重山	94
黄河边	95
飞云口偶得	96
嵩山之巅	97
川续断	98
无花果	99
赤基色蟌	100
菩提树	101
巫山红叶颂	102
胭脂岭，和张新泉先生一起遇蛇	103
群峰之上	104
赵述岛的采螺人	105
月亮背面	106

创作谈　旷野的诗意 …… 108

李少君诗选

应该对春天有所表示 …………………… 121
霞浦的海 …………………………………… 122
山　行 ……………………………………… 123
热带雨林 …………………………………… 124
在北方的林地里 …………………………… 125
春　风 ……………………………………… 126
忆岛西之海 ………………………………… 126
玉蟾宫前 …………………………………… 127
神降临的小站 ……………………………… 128
敬亭山记 …………………………………… 129
江　南 ……………………………………… 130
云之现代性 ………………………………… 131
凉州月 ……………………………………… 132
西山如隐 …………………………………… 133
春天，我有一种放飞自己的愿望 ………… 134
仲　夏 ……………………………………… 135
春天里的闲意思 …………………………… 136
海之传说 …………………………………… 136
我是有大海的人 …………………………… 137
西湖，你好 ………………………………… 139
西部的旧公路 ……………………………… 140
三角梅小院 ………………………………… 141

创作谈　诗歌情境的现代方式 …………………… 142

陈先发诗选

丹青见	151
伤别赋	151
卷柏颂	152
菠菜帖	153
群树婆娑	155
泡沫简史	156
枯树赋	157
一枝黄花	159
孤岛的蔚蓝	160
芦　花	161
崖边口占	162
鸟鸣山涧图	163
自然的伦理	164
葵叶的别离	165
夜雨诗	167
鸦巢欲坠	168
云泥九章（选五）	169
双　樱	174

创作谈 黑池坝笔记（节选） 175

阿诗信选

小　草 …………………………………………… 193
独享高原 ………………………………………… 193
速　度 …………………………………………… 194
正午的寺 ………………………………………… 195
鸿　雁 …………………………………………… 196
岩　羊 …………………………………………… 197
对　视 …………………………………………… 197
大　雪 …………………………………………… 198
黑颈鹤 …………………………………………… 198
梦　境 …………………………………………… 199
雪 ………………………………………………… 199
土门关谣曲 ……………………………………… 200
土门关之忆 ……………………………………… 201
扎尕那女神 ……………………………………… 201
河曲马场 ………………………………………… 203
草地酒店 ………………………………………… 204
裸　原 …………………………………………… 205
一具雕花马鞍 …………………………………… 206
陇南登山记 ……………………………………… 207
惊喜记 …………………………………………… 208

创作谈　盐巴也许产自遥远的自贡 …………… 210

剑男诗选

上　河	215
山腰上的老屋	215
挖藕人	216
山花烂漫的春天	217
路过水库边的酒厂	218
春天来了，我们要做个无所事事的人	218
老榆木	220
蜗　牛	221
祝福蝴蝶	222
芦　苇	223
泡　沫	224
夜宿大别山	225
独　立	225
一棵野柿树	226
山中一日	227
最好的柏木	228
星　星	229
昨夜的乡村一定大哭了一场	229
秋阳中的母亲	230

创作谈　诗歌中的自然书写与人的尺度 …… 231

林莉诗选

春　夜 ··· 241
雁群飞过 ··· 242
一只白蝴蝶停在豌豆花上 ······················· 242
日落橙树林 ·· 243
不要轻易谈起孤独 ································· 244
田野之诗 ··· 245
恰似欢乐来临 ······································· 246
乙未年游铜钹山：立秋记 ························ 246
在冬天看星星 ······································· 248
山丘诗 ·· 249
山楂树 ·· 250
枫杨林 ·· 251
植物学 ·· 252
野　地 ·· 253
灰喜鹊经过了秋天 ································· 253
画春风 ·· 254
鸟　鸣 ·· 255
湖　边 ·· 256
楮　溪 ·· 257
在雨中 ·· 258
山居或旧事 ·· 259
自然笔记 ··· 260
旷　野 ·· 262

创作谈 自然之境 ································ 264

北乔诗选

麦积山	275
祁连山下	276
高原，风的胸膛	277
高原之夜	279
甘蔗，或苦丁茶	280
瀑布心经	281
大运河，你的河流，我的丛林	282
经过一片稻田之后	285
莲花山，一座巨大的灯盏	286
滩涂上的鸟群论道	287
冶木河	289
落　叶	290
某日清晨	291
暮色中的花朵	293
山的脚步	294
树，或者树下	295
头顶以外的天空	296
我坐在山坡上	297
一片雪花，谁的悲伤	298
走在高原的山间	300
【创作谈】一切皆为自然	302

冯诗娜选

寻 鹤 …… 315
尖 叫 …… 316
群 山 …… 317
出生地 …… 318
棉 花 …… 319
树在什么时候需要眼睛 …… 320
劳 作 …… 320
杏 树 …… 321
菩提树 …… 322
高原的风 …… 323
短 歌 …… 324
陌生海岸小驻 …… 324
雾中的北方 …… 325
消 逝 …… 326
是什么让海水更蓝 …… 327
潮 骚 …… 328
旅人记忆 …… 329
橙 子 …… 330
杧果树 …… 330
幼年时代的彗星 …… 331
癸巳年正月凌晨遭逢地震 …… 332
长 夏 …… 333
云南的声响 …… 334

山坳里的藏报春 …………………… 335

青　海 ………………………………… 336

西　藏 ………………………………… 337

草　原 ………………………………… 338

洱　海 ………………………………… 339

春风到处流传 ………………………… 340

龙山公路旁小憩 ……………………… 341

创作谈 劳　作 ………………………………… 342

沈苇诗选

群峰之上——自然写作十家诗选

诗人档案

沈苇,浙江湖州人,曾在新疆生活工作30年,现居杭州。著有诗集《沈苇诗选》、散文集《新疆词典》等20多部。获鲁迅文学奖、华语文学传媒大奖、十月文学奖等奖项。

开都河畔与一只蚂蚁共度一个下午

在开都河畔,我与一只蚂蚁共度了一个下午
这只小小的蚂蚁,有一个浑圆的肚子
扛着食物匆匆走在回家路上
它有健康的黑色,灵活而纤细的脚
与别处的蚂蚁没有什么区别

但是,有谁会注意一只蚂蚁的辛劳
当它活着,不会令任何人愉快
当它死去,没有最简单的葬礼
更不会影响整个宇宙的进程

我俯下身,与蚂蚁交谈
并且倾听它对世界的看法
这是开都河畔我与蚂蚁共度的一个下午
太阳向每个生灵公正地分配阳光

沙漠的丰收

雨水落进了沙漠
阳光落进了沙漠
大雪落进了沙漠,一年尽了
春夏秋冬,时间的四只鞋子
穿旧了,落进了沙漠

飞鸟落进了沙漠
云朵落进了沙漠
空酒杯落进了沙漠,盛宴散了
一本天书,被众神读完了
散开,落进了沙漠

是寂静落进了寂静,发出一点
轻微的响声,像大地最后的叹息

雪　后

一切都静寂了
原野闪闪发光，仿佛是对流逝的原谅

一匹白马陷在积雪中
它有梦的造型和水晶的透明

时光的一次停顿。多么洁白的大地的裹尸布！
只有鸟儿铅弹一样嗖嗖地飞

死也是安宁的，只有歌声贴着大地
在低声赞美一位死去的好农夫

原野闪闪发光。在眩晕和战栗中
一株白桦树正用人的目光向我凝望

在它开口之前，在它交出体内的余温之前
泪水突然溢满了我的双眼

罗布泊

游移的湖——
被大沙漠和孔雀河控制的命运
它的暧昧,它的闪烁

沙漠中的一滴,曾包容海
包容瀚海的辽阔、壮美
一个珍稀的词,在凋零之前
占有水的反光,盐的反光

游移的湖——
它的波澜,它的长叹
它的水面曾倒映伟大的楼兰
那消失的一滴却不再回来
罗布泊在死去
移居一个垂危的词中
——一具词的空壳

它的死亡
是道路、城池、驿站在死去
是胡杨、芦苇、果园、麦田在死去
是死去的沙漠再死一次！
是时光的一部分、我们的一部分
在——死——去——

游移的湖——
不再游移，不再起伏、荡漾
沙漠深处的走投无路
大荒中的绝域
留下一只沧桑、干涸的耳轮

——我们倾听的耳朵也可以关闭了

达浪坎的一头小毛驴

达浪坎的一头小毛驴
吃一口紫花苜蓿
喝一口清凉的渠水
满意地打了一个喷嚏

它,在原野上追逐蝴蝶
沿村路迈着欢快的舞步
轻轻一闪
为摘葡萄的三个妇女让路

达浪坎的一头小毛驴
有一双调皮孩子的大眼睛
在尘土中滚来滚去
制造一股股好玩的乡村硝烟

它,四仰八叉,乐不可支
在铁掌钉住自由的驴蹄之前
太阳照在它
暖洋洋的肚皮上

昭苏之夜

羊群释放的夜晚
一千只月亮释放的夜晚
现在,我的睡眠

有了一点昭苏草原的辽阔

消失的往昔、面容和传奇
一再释放着夜晚
不，不是离去者的眷恋
而是从未离去的在场者的照料
展开了我的草原之夜——

葱郁的夜，它在唤醒
一个襁褓中的呼吸和心跳吗？
静卧的远山，大地的枕头
我有绵延不绝的安宁
我有梦的果实、月光的占卜书

在寂静深处，再也没有死亡了
只有几缕有关死亡的呢喃
消失的面影，游牧的世代
梦中醒来的昭苏风景
像种子，在夜的唇间静静发芽

喀纳斯颂

> 如果人群使你却步,
> 不妨请教大自然。
> ——荷尔德林

一

喀纳斯,当我轻声念诵你
盛大的风景转过身来——
如同仁慈目光下的一个襁褓
再一次,将我轻轻托举、拥抱
风景的爱意,被风景的四季承继
在自然的心情和表情中绽放
在喀纳斯摇床上,我愿变成
景物中遗弃的婴儿,用一声啼哭
去发言,去赞美、咏叹
去参与湖水的荡漾、群山的绵延
——风景俯下身,贴近我脸颊:
我啜饮它,也被它深深啜饮……

二

神迹隐匿，留下慷慨一滴
——圣水，还是精血？
没错，喀纳斯只是水的一滴
无边风景：群山、森林、
草甸、花谷……
是一滴水的延展、漶漫
是一滴水的书写、修订

它何尝不是卡在峡谷中的
一块惊人的翡翠？
流动的、液体的翡翠——
缓缓蒸腾的翡翠，浸染山峦
加速了白桦树液的流淌
在每天醒来的草尖上
颤动，滴落

……一滴水的圣地
山之阶梯上，风景朝圣者攀登
梦中的远方，虚构的画境
在越来越急促的呼吸中
展开可以呼吸的蓝——

仿佛他们跋山涉水
阅尽人间缤纷的画卷
只为了找到喀纳斯一页：
失落的神圣一滴！

三

用喀纳斯的一株牧草
看日落日升风景变幻

用喀纳斯的一棵桦树
脱去岁月沉重的衣袍

用喀纳斯的一朵野花
接纳瞬间的狂蜂乱蝶

用喀纳斯的一只虫子
爬过命运旋转的罗盘

用喀纳斯的一只小鸟
吃下苦涩或甜美浆果

用喀纳斯的一缕清风
传递世上美好的消息

用喀纳斯的一缕光线
缝补灵魂隐秘的伤口

用喀纳斯的一朵白云
擦亮内心蒙尘的镜子

用喀纳斯的一湖碧水
勘测随时间来的智慧

四

当你转过身来,面向敞露的风景
听到了风景深处的呢喃和呼唤
如同迷路的小鸟儿来到一座新森林:
云杉、红松、花楸、刺柏的迷宫
从枝头到枝头,跳跃,张望
又突然展翅,飞向一片光芒领地
——它的脖子酸了,心儿满了

心与物的交换,人与景的相处
这古老的关联、伟大的姻缘
在喀纳斯开辟了新的秘径:
瞧啊,被风景放逐的人归来了——
植物之神看护的家园依然葱茏
他们的影子,走进石头

影子的影子，吹送湖面
不是去葬送、祭献
而是一场真正白日梦的漫游……

　　　　五
被抑止的风景中的风暴
那安然若素的时光流转——

远去的英雄们的马群
蛮族之路上呼啸的上帝之鞭
喀纳斯驿站的遗民
耳畔至今回响隐约的马蹄声
一碗奶酒中有漂泊的毡房、宫帐
一块岩石记得草原巨子的凯旋

古老的迁徙
仍在摄影家镜头里继续：
红隼的飞翔遵循天空的路径
额尔齐斯河长调拐了个弯
像极北蝰，爱着丛林、湿地、
曲折的流水。哈萨克人
和他们的骆驼、马，在转场途中
羊群踩踏的尘土升起为路的炊烟……

阿尔泰，光芒万丈的史诗之山
难道只适宜一部《江格尔》传唱？
但突然，人的史诗
在大自然面前变成了短章
阿尔泰史诗，是山的史诗
石头的史诗，树的史诗
也可能是鱼的史诗：
一条哲罗鲑和它后代们的史诗

风景无言。它的无言是无言的收藏
群山无言。它的无言是无言的雄辩

六

让我写写图瓦人的木屋：
松木的香味拥有斜尖顶的造型
新鲜的木头骨架，裸露着
交给雨水、阳光，而缝隙
交给了苔藓谦卑的技艺

草地上的羊毛，苇席上的奶酪
木栅栏形同虚设，各家的门
随意敞开着——
仿佛在欢送一种忧愁的离去
迎接祖先们无时无刻的归来

人间的那缕炊烟也许足够
包尔萨克香味从木屋中飘出
像一群精灵,孩子们跑来跑去
捡拾松果,与狗戏耍
在透明的空气里,他们的眸子
像牛马的眼睛一样纯净、明亮

鹰的投影,一颗大地上游弋的痣
提醒时光的展翅而来、滑翔而去
一只黑鹳在屋顶的逗留
加剧了木屋的暗——
在日晒雨淋赐予它太多的暗之后
暗,就是时间的手迹、时间的原色——

图瓦人的木屋没有成为废墟
却有了黑钙土和腐殖土的颜色
一副岁月的骨架,交给了
岁月中静默的自然

七

(林中)

落叶铺了一地

几声鸟鸣挂在树梢

一匹马站在阴影里，四蹄深陷寂静
而血管里仍是火在奔跑

风的斧子变得锋利，猛地砍了过来
一棵树的战栗迅速传遍整座林子

光线悄悄移走，熄灭一地金黄
紧接着，关闭天空的蓝

大地无言，雪就要落下来。此时此刻
没有一种忧伤比得上万物的克制和忍耐

八

雪，落在喀纳斯

雪被楚尔的呜咽催生
飘落在西伯利亚泰加林
密密麻麻的琴键上

站立的琴键，陡峭的音符
适宜眺望季节的空旷
山巅孤寂的远方

湖面驶过运木头的卡车
在湖怪们似睡非睡的梦里
卡车是冰上滑翔的钢铁雄鹰
是鹰中的怪杰和传奇

雪，落在喀纳斯
一路飞奔的马爬犁
驮来烈酒和食粮
石头和鲜奶
朝着太阳的方向
一座升起的雪敖包上
有闭目养神的傲慢牛头

雪在开路——
沿着天空的迷魂阵
沿着大地上湮没的路
沿着寒风的刀、雪的尸骨
……

穿白大褂的空间拓荒者
万物重归处女地的圣洁、宁静
季节的停顿、风景的休憩
那默默无语又全力以赴的

自我治疗——

雪,落在喀纳斯……

九
（新图瓦民歌）

版本 A
在远方,我们有
自己的群山、木屋和炊烟
喀纳斯湖水是长长的歌
驼鹿的眼睛就像我的爱人
这安宁,有时绊倒死神的脚步
当云彩擦亮天空
爱人哪,我们就搬到天上去住

版本 B
你用大碗奶酒将我灌醉
痴心的话儿装满了小小木屋
流水唱着永不消失的歌
好像在祝福我们的生活
有你相伴,喀纳斯就是一方圣土
有你相伴,喀纳斯就是一个天国
……啊,我的爱人

你是我生命中的缰绳
拴住了我这颗野马的心

我在白桦树下吹起楚尔
爱情的花朵落在了你我心窝
当云彩擦亮了蓝蓝天空
我们要相约到天上去住
有你相伴,喀纳斯就是一方圣土
有你相伴,喀纳斯就是一个天国
……啊,我的爱人
你驼鹿般明净的眼睛
有我生命中全部的安宁

十

风景的涅槃依赖季节的轮回
喀纳斯的春天是被歌声唤醒的
歌声沉寂,或歌声高翔
化为鸟儿醒来的一声啁啾……

在完成阳坡的工作之后
野卉们高举小小火把,齐声合唱
越过路面的残雪、冰碴
去阴坡继续编织柔情的花毯

被季节的轮子一路碾碎的薄冰
那看不见的车轮、冰的欢呼
响应湖面上蓝色图案的变幻
有时那图案，就像一个人
心潮起伏的脸谱

春雨的弹奏：一阵明媚、急促
的指法，山与山之间架设了彩虹
那七色音符气势恢宏的跨越
让日神的马车走走停停
长亭之后是短亭……

听哪，到处是春天的歌谣
新绿的树林，心灵的摇曳
一场大弥撒的华丽登场
而白桦树液的汩汩流淌
是一支新血液的歌谣

十一

需要一扇窗子
一扇面向喀纳斯的窗子
只是为了完成一次
平常的眺望

在那个瞬间
风景的浩荡倒映水中
湖光山色的变幻
正合我心意

窗子取缔我目光
替我面向喀纳斯风光
一门几何学的教诲
让我向外瞅
也向内看

让我静止在内心的房间
让我徘徊如自在之兽
当我来不及摇晃
整个世界已开始运动

那中了魔法的运动
好比心灵的分身术
渐渐显现了——
隐藏在无限风光中的
一架冉冉升起的
垂爱木梯……

十二

请黑琴鸡弹奏，岩雷鸟舞蹈
林蛙的家园雪水长流，清泉四溢
让哲罗鲑去穷尽幽深的水下森林
火焰草盛放于星光灿烂的夜晚
风景的盛宴，或许是繁星的一次莅临
就像我们在阿尔泰夜空所看到的
环绕喀纳斯星座的是闪闪发亮的词：
冲乎尔、贾登峪、禾木、白哈巴……
星子们的回旋，绕膝于一个光芒中心
汲取了永不枯竭的母性甘泉、星光甘泉
——喀纳斯不是别的，不是景色的大地
而是景色的星空：一个风景的宇宙

蚂蚱协奏曲

初冬，阳光晒暖的一块石头上
一只垂死的蚂蚱醒过来了
两条后腿，收集残存的力气
找到了可以摩擦的翅膀

"让我数个数吧,还能蹦跶几下:
一、二、三、四……"

仿佛受了感染,蝈蝈和蟋蟀
在枯草丛中齐声低鸣
更多垂死的蚂蚱,爬上了
世上数不胜数石头中的一块
"哦,最后的暖,最后的光
最后的舞台,最后的悲苦……"

"嚓嚓,嚓嚓嚓……"
蚂蚱协奏曲,世上最小的音乐会
此刻是对荒野、枯草、寒风
以及紧接着来到的严冬的
一点微弱的抗衡

微弱的……仅此而已:
"嚓嚓,嚓嚓嚓……"

麻扎塔格 ①

1

大荒的墓园。麻扎塔格
是坟山中的坟山

一千五百七十米的海拔
是多少坟墓的叠加、垒筑?

2

斯坦因的"神殿之山"
一段搁浅的赭红色时光
一艘沙漠泰坦尼克
或者一头巨鲸
沉没,或兴风作浪

3

红山是红山,白山是白山

---

① 麻扎塔格意为"坟山",位于塔克拉玛干沙漠腹地。

山的婚礼和山的葬礼
同时举行
游离于地理学之外的
一红一白,生死一体

4

垂死的和田河
垂死的胡杨林

山顶。戍堡。残墙
无边的苍凉,尾随我
失去的时光,包围我
将我变成无援的幽灵
——缓慢攀登的另一个

你说,幽灵们
被我们带走了
附在一截唐代的胡杨枯木上
你说,死去的胡杨更美
像一门挺拔的美学

5

仿佛有什么在萌动——
是哪一个先人

在脚下发出流沙的轻叹?
狼牙的巨人
还是吐蕃的兵士?

脚下依旧是
空
空
空

6

死亡有它的铺张:
无垠沙海
死亡有它的好意:
隆起一座不灭的山
——麻扎塔格

7

这里是麻扎塔格
胡杨与红柳平等
沙砾与岩石平等
悬崖与河床平等
俯瞰与眺望平等
我们与苍凉平等

8

苍凉啊苍凉
大荒啊大荒
苍凉吃下虚空
吐出沙子

一地玛瑙,五颜六色
那来不及清理的
沙漠诡秘
和小小虚荣

9

在塔克拉玛干深处
我愿做一只蠹虫、一个词
阅读这部浩瀚的沙漠之书

此刻,一个虚妄
正落在夕阳翻动的书页上

为植物亲戚而作

在我的植物亲戚中
油菜花从不失信、爽约
每年都来清扫过剩的阴雨
蚕豆花开,我们再次遇见
童子们黑亮亮的眼睛
桑拳头总是攥得那么紧
并不屈服于驯化和矮化
在阵阵和暖春风中
如期绽放新叶、木耳和桑葚
菜地里小葱、韭菜和大蒜
青翠可爱,一行行、一句句
是母亲开春时种下的
比我种在书里的字、词、句
要生动,更具自然的美感
苦楝树从不招来凤凰
有时引来喜鹊和更多的麻雀
引来四面八方事的乡村消息:
生、老、病、死……

祖坟那边的香樟林越长越高了
是鸟儿从别处衔来种子长成的
茂盛和幽静，陪伴着
被我们丢失了姓名的九个祖宗
一座披头散发的小树林
在抵御流年和遗忘
当我找到一截香樟树的根
就可以带上它，再度远行了

树与果实

一棵站在眼前的树
枝丫的多个维度
探寻隐秘的路途
像纠结的触须和翅膀
被繁茂的绿叶遮蔽

一棵梦里歌唱的树
升起，根须是它的助推器
砥砺下面涌动的虚空
像一个醉酒的男高音

拎着自己蓬乱长发
脱离地面，飞升而去

一棵走出我身体的树
果实从内部点亮
像眼睛，比眼睛诚恳
在落进空盘之前
几枚芬芳之果
用有限的重，保持
一棵树的风景：
一种多义的平衡

住在山谷里的人

他知道世上还有别的地方
还有乌鲁木齐、北京、上海
但从未去过。他的一位亲戚
去过首都，回来告诉他：
北京好是好，可惜太"偏僻"了

在一座看上去快要倒塌的
木屋里，他住了七十多年
送走了父母和父母的父母
原木发黑，散发腐烂气息
屋顶长满杂草，像戴了一顶
古怪的帽子，一处木头缝里
正冒出一朵彩色菌菇……
山谷里，雨水总是很多
每到下雨天，他的老寒腿
锥心地疼，跨不上一匹矮马

两边山坡上，病恹恹的
野苹果树，被小吉丁虫折磨着
在高大的云杉和红桦之间
变成一群矮子。木屋前有一棵
较高的野苹果树，孤单而健康
树下栓了一匹马，看上去
像是一棵树正在驯化一匹马
成熟的果子掉下来
落在马的脊背、臀部
马在颤抖，仿佛内心的惊讶
在身上泛起阵阵涟漪……

旅行者,不断从远方来
每一个,不会再来一次
我和女儿喝他的奶茶
吃了他的包尔萨克,就要离开了
他送给孩子一瓶自己做的马林酱
艰难地起身,向我们道别
我们离去,消失在天山风景之外
隐身于一位老人的"偏僻"里
无须抬头,遗忘像一朵低低的云
笼罩这个名叫库尔德宁的山谷

橡树林

我们吃肉、喝酒、喧闹
橡树挺拔、静立、不动

不声不响,不远不近
与我们保持恰当的距离

橡树们的晚宴?正是此刻
一抹晚霞、几朵边境彤云

下辈子，橡树仍是橡树
我们却不会变成某种植物

我们离开、隐迹、灰身
橡树转世成又一个自己

它们的绿枝和孤傲
从不捡拾人性的败叶

隐身暮晚森林公园的静
倦于清扫人类的杯盘狼藉

海与海的相遇

长久地凝视大海
直到内心的惆怅和叹息
融入一片蔚蓝
直到排排巨浪化为言辞的波澜
直到海面微微弓起，像鲸鱼之背

向晚的海岸,室内已是远方
有微风和航船的苦咸味
帆影如鸥鸟渐渐远去
一切向外的,转而向内:
这一篮水果寻找热带的舌尖
这一片碎瓷来自明代的沉船
这一束波斯菊用芬芳低语

转过身来,你将看到另一个海
特提斯遗弃的海底像巨型墓园
滚滚沙浪,在你回首中停息
麻扎塔格,抹上夕阳的彤红
当你转过身来,天涯只是咫尺
我几乎看到了你眼中
晶亮的盐粒和珠玑……

这首诗中要有一座岛屿
不大不小,漂浮在想象力之外
让它储备蔚蓝,囤积阳光
当有一天海与海相遇
我有一部沙漠的沉思录
你有一册海边的祈祷书
合上,便是言辞的沉默
打开,即为时空的苍茫

为杏花而作

杏花,一门春天的修辞学
被微风唤醒瞬间的怒放
我们在杏园朗读杏花诗
唯不见枝头一朵
倒春寒中遍地残花
将苍白,一点点往泥里送
仿佛已送达死者唇边

我们执意替流逝朗读
从乌孙城朗读到龟兹国
那里,每一棵杏树下
都有一个酒窖,屠戮归来
的兵士,彻夜酩酊大醉
错将舞女当作孔雀
又将花雨看成飞天
历史是一只漏气的坛子
散尽酒香和所有的香

我们携带时间幽暗的力
却显现为每个人所示的样子
就像此刻，结束朗读后
默默无语，漫步凋零的杏园
远离山坡上的大片绿杏林
像流人，像杂沓的羊群
为脆弱事物所爱所伤
拥有杏花般的一个瞬间

西边河

家宅被拆后，东边修起工厂围墙
早晨和傍晚，一天两次我往西边走
穿过挤成疙瘩的新农村建筑群
农人在可怜的一点空地上种菜养花
我认识丝瓜、扁豆、丹桂、枇杷
后来又认识了秋葵、木槿和薜荔
浑浊小河通往大运河，看上去似乎
还活着，但谁也记不得它的名字了
有人叫他围角河，有人叫他西塘河
还有人叫它徐家桥的那条河

第一天，在河边看到钓鱼的人
他的耐心终于钓到一条小小的鳊鱼
第二天，有人给簇新的油菜苗浇粪
一勺一勺，像我小时候看到的动作
第三天，在河边想起儿时玩伴红鹰
家境贫寒，从小干粗活、重活
九岁溺水死。苦命而好心的她
是否已投胎转世在一户好人家？
第四天，从远方飞来一只白鹭
浊水沐浴，在一棵柳树下整理羽毛
休憩，好奇地望着黯淡下去的水面
第五天，我就要离开了……起风了
秋风吹皱河面，喜鹊在杉树上筑巢
父亲说，今年的巢比去年低了些
说明明年不会有洪水了……

喀拉峻歌谣

风景有陡峭的时辰
云杉有滚地的一刻

刈草人越走越远
草料垛越长越高

一百座毡房半空入定
一千只山鸦整日聒噪

中午宰羊，晚上炖肉
后半夜星空送来奶酒

达斯坦歌声聚远客
冬不拉琴弦系游魂

哀伤的，马头的方向
无辜的，绵羊的山冈

心爱的脸庞，为何
如今只能梦里相见

被遗忘祖先的影子
正加入白云的行列

她说手指指的路
一天一夜就到了

下巴指的路累死马儿
三天三夜走不到尽头

白　杨

绿洲的银柱，到冬天
更加挺拔、简约、尖锐
白茫茫大地进入木刻时光

积雪掩盖疯汉胡须般的麦茬儿
将光秃秃的树身变成
刺向天空的长矛和利剑

大地已停顿、沦陷
像一只深藏的墨水瓶
白杨有足够的墨水用来痛哭

寒风入骨，抖落的枯叶
它失去的浮华和言语
这赤身裸体的哑默之树
正从冬眠中警醒

风的起义,使它揭竿而起
风与风、树与树之间
一种无名而沉雄的力
在寻找生与死的裂隙……

越过整齐划一的白杨林带
是风暴的耕地和旷野
呼啸或呜咽,都是
大自然出示的绝对权威

把一株青菜种到星辰中间

把一株青菜种到星辰中间
在那里升起几缕原始的炊烟
太阳里养猛虎,月亮上种桂树
几乎是剧情里的一次安排
当一株青菜种到星辰中间
世界就可以颠倒过来看
倒挂的蝙蝠直立行走
它们的黑已被流言洗白

山峰低垂，瀑布倒悬
大江大河效仿了银河
死者苏醒，像植物茂密生长
而地球的流浪渐行渐远
人间事，不过是菜圃里一滴露

无尽夏

从暮春到夏秋
这段漫长的怒放时光
可以编入虎耳草目

内心的因与果
就像土壤的酸碱度
决定花朵的颜色：
白，蓝，或粉色

在南方，和风赠送细雨
愁肠却一再被修改
雷声和闪电
则是萼片中的错愕

"从人群中分离出来，
终于和自己在一起了；
唯有一缕隐约的芳香，
可以治愈残余的孤寂。"

绣楼上小姐也是现代派
一把美人扇留住流逝
一只心跳般的炽热绣球
如何击中远方的滚滚雪球？

古与今，如东西难辨
花魂，自有亘古的乡愁
如果明尼苏达即"北星之州"
无尽夏，就是"有限秋"

创作谈

自然写作与植物诗

一

对大自然的沉思和观察是一门持久的功课。正如荷尔德林所言："如果人群使你却步，不妨请教大自然。"大自然是一册无法穷尽的书，先人们已将这门功课做得很深、很透——几乎所有伟大的古典作品都包含了伟大的自然主题，直到浪漫主义的"诗意栖息"，这个传统一直笼罩着澄明的自然之光。要知道，古人是在自然之光下写作的，而今天，我们则在人造之光中思考，下笔艰涩，文字喑哑。我们的现实处境和心灵处境已经变了，已经不再像《诗经》《山海经》和唐诗宋词时代那样去言说和书写大自然了。我们置身的当代性，使我们在朝向大自然时变得疑虑而尴尬。换言之，这个当代性将人与自然的原生态关系剥离了。

脱离了当代性去谈论大自然文学，只是一次空谈。我们今天所说大自然文学是当代性之下的文学，如同我们今天面对的大自然已是一个受伤的大自然。我们在伤害和冒犯大自然的同时，成了大自然的弃子，与此同时，当代性将我们接纳了。这是一个古怪的拥抱，也是一个必须接受的讽刺。工业化、化学品污染、季候错乱、生态危机乃至种种反自然行为、大量赝品般的人造景观，等等，这种切身的现实境况,每天进入我们视野,成为常态性的新闻事件,并在四面八方包围了我们。我们不是现代化的反对者,更不是梦寐以求回到原始人的生活状态。只是,每一次对大自然的伤害都伤害到了人类自身,每一次对大自然的冒犯都打了我们自己一记响亮的耳光。

要知道,我们是在当代性中眺望远去的大自然,看它一点点儿隐匿。我们丧失了曾经"仰望"和"对视"的姿态。曾经,我们把自己放得很低,将大自然与神灵同等对待,认为大自然中住满了各种神灵。山是神灵,水是神灵,一花一木都是神灵。大自然的远去意味着神灵的隐匿,神迹的消失带走了亲爱的大自然,也带走了我们对待大自然的谦卑与真诚,带走了人与自然的心心相印。现在,我们站在自己制造的垃圾堆上,这个垃圾堆越升越高,直到高过群山——现在好了,我们可以坐在这个垃圾堆上"俯视"大自然了,心中还油然升起一些莫名的优越感。我们观察世界的方式和角度无疑发生了变化,譬如登高望远之地,从前是山巅,后来是瞭望塔,今天则是摩天大厦,甚至飞机和热气球。

"天人合一"的理想早已终结在中国古人的哲学与诗篇中。走向极端的"人定胜天"注定是一种愚蠢的虚妄,十分短命,但它阴魂不散,留下了后遗症。在今天这个地球上,无论东方还是西方,改头换面的"超越论"和不计后果和代价的"单一发展论"是颇有市场的。各种"超越论"的确包含着一种雄心,却常常是"自我"的无限放大,是对"人本至上"的一次急躁而粗暴的演绎,因而在增添一种当代的焦虑和混乱。离开了对土地和大自然的起码尊重,人类的雄心只是一种灰暗的野心,是没有前途的。当雄心和野心走进了死胡同,前景大概可以想象的:有一天,从天而降的外星人将为全体地球人竖起纪念碑，碑文上写着"瞧，他们自己消灭了自己"。

概括来讲，大自然文学已是一种存在于东西方文学传统中的古老传统。中国古代的山水诗、自然小品（相对于性情散文），西方的荒野小说，以及大量的文人游记、旅行日志、有文采的科普考察，等等，都应该属于这个文学范畴。今天，我们重提、凸显、强化这个传统，传统就成了革命的同义词，就有了新的价值和蕴涵。大自然文学并非借尸还魂，而是浴火重生，是传承下来的先知先觉，有了特别的现实喻指和警示意义。大自然文学可以天高云淡、涓涓细流，也可以惊心动魄、振聋发聩。

如果我们倾向于用"生态文学"去替换"大自然文学"，是将大自然文学矮化了，片面化了。大自然提供了一种生态环境，但不是某种生态现象就能替换的。我理解的大自然文学是一个大的丰满的概念，既朝向自然的敞开，也指向心灵的应答；是两者的交融与呼应。"生态"一词，也包含了物质生态和精神生态两个层面。物质生态的危机，正是精神生态混乱性的一种反应和投射。隔离了两者之间的关系，我们无从谈论当代性，更无从谈论当代生活。而仅将"大自然文学"理解为"生态文学"，容易陷入物质生态的现象学误区，而精神生态的种种困境，却被我们搁置一旁，视而不见了。

无论我们置身何时何地，对大自然的观察，对大自然文学的讨论，都离不开人与自然关系这个基本命题。虽然我们面对的是混乱的人性和被损害的大自然，但重建两者之间的关系仍是可能的，这是相互抚慰和相互治疗的需要，这是"要不要未来"的一个问题。因此，重归"心灵—自然"的总体论，重建一种自然的人本主义立场，是我们唯一的出路。今天的大自然文学，就得从这个层面去介入，去完成自己的表达。除此之外的大自然文学，种种感伤的抒情性或者夸夸其谈的生硬警告，在我看来是远远不够的。

波德莱尔的现代性理论中有一个惊人的观点：人工作品超越自然作品，也即艺术优越于大自然。波德莱尔是执迷于"缪斯的巫术所创造的第二现实"的，但他的"感应理论"是对自己的一次修正，认为内宇宙与外宇宙、人与人、万物之间是一个混沌而深邃的统一体，有着惊人的"整体性"和"相似性"。这样，他就自然而然回到了人与自然关系的整体论。七十二岁的惠特曼在修订《草叶集》第九版（临终版）时，将诗人比作心灵与大自然之间的"和事佬"。或许诗歌的使命之一就是修复心灵与自然乃至内心与现实之间的巨大裂痕。惠特曼的后代奥尔多·利奥波德则从科学与环境保护的角度提出了"土地伦理"和"土地共同体"的观点，但他的思考达到了哲学和精神生态的高度，具有现实的启示作用。他说："土地伦理是要把人类在共同体中以征服者面目出现的角色，变成这个共同体中的平等的一员和公民。它暗示着对每一个成员的尊敬，也包含着对这个共同体本身的尊敬。"他还指出（似乎是针对旅游业的）："发展休闲，并不是一种把道路修到美丽的乡下的工作，而是把感知能力修建到尚不美丽的人类思想中的工作。"

大自然文学有两个基本主题：陶醉和忧患。在今天，忧患的担当已远远超过陶醉的旧梦。大自然中危机四伏，忧患已改写了我们脸上的陶醉表情。

今天的大自然文学脱离不了面向当代性的种种思考，同样离不开地方性和地域性的特殊视角。生活在边疆，生活在西部，意味着人与自然的关系变得更加切身、尖锐、严峻，也更加攸关性命和未来。梭罗说得没错,世界的启示在荒野。我在新疆见过的死亡景象之一是沙漠里的"胡杨墓地",它们像一片片来不及清扫的古战场,到处是丢盔卸甲,到处是断臂残肢,到处都是听不见的呻吟和呼救。"胡杨墓地"的惨烈景象,给了我们关于生存与死亡、忧患与末日的极端体验。人类生存的家园其实脆弱不堪,胡杨死去,村庄消失,人烟断绝,记忆也被流沙一点点掩埋。

来自遥远蒙古高原的一阵沙尘暴,危害了一位北京市民的呼吸,影响了一位韩国农夫的水稻收成。一头鲸鱼的自杀,是因为海边某个国家一家工厂的污染指数严重超标了。一株非洲面包树的死亡,牵动着墨西哥荒原上一株仙人掌的神经。如果把树看作是我们的亲人,那么一棵树的死亡也是我们身上的某一部分在死去……这就是我们置身其中、休戚与共的严峻现实,是由此生发的"共同体"概念和大自然文学必须具备的"整体论"。

每一天,不仅仅是沙漠戈壁,地球上都在诞生新的"胡杨墓地"。那么,下一个"胡杨墓地"又会出现在哪里?所有的大自然文学作家,所有的环保主义者和非环保主义者,都应该读一读约翰·邓恩的这几句诗——

> 谁都不是一座岛屿,自成一体;
> 每个人都是广袤大陆的一部分。
> 如果海浪冲刷掉一个土块,欧洲就少了一点;
> 如果你朋友或你自己的庄园被冲掉,也是如此。
> 任何人的死亡使我受到损失,因为我包孕在人类之中。
> 所以别去打听丧钟为谁而鸣,它为你敲响。

二

刘勰《文心雕龙》开篇说"文之为德也大也",意思是说,"文"作为万物皆有的属性和形式,其渊源是多么深广啊。他又说:"唯人……实天地之心。心生而言立,言立而文明,自然之道也。傍及万品,动植皆文:龙凤以藻绘呈瑞,虎豹以炳蔚凝姿;云霞雕色,有逾画工之妙;草木贲华,无待锦匠之奇。……夫以无识之物,郁然有彩,有心之器,其无文欤?"简言之,动植物都有"文"——"文"是自然万物作为主体的清晰的呈现和表达,以及某种被命名、被再次创造的朦胧渴望。写作、为文,就是为天地立言、为自然立心,这是中国古人的文学信仰。

我的自然写作正是基于这样一种理念和信念。确切地说,我的自然写作肇始于1988年到新疆之后。贸然闯入的亚洲腹地,为一个南方移民打开了新的地理、新的视野、新的世界,受到的震撼首先是自然和空间意义上的,然后才是文化意义上的。20世纪90年代的《开都河畔与一只蚂蚁共度一个下午》《沙漠的丰收》等是尝试之作。新世纪后,这方面的写作多了起来,"自然"成为我诗歌和散文中一个不断延续、拓展的主题。长诗《喀纳斯颂》、小长诗《麻扎塔格》、短诗《为植物亲戚而作》等比较有代表性。

植物诗,占了我自然写作中很大的比重。

在北方民族,特别是阿尔泰语系民族的记忆中,有一个"世界生命树"和"宇宙中心树"的理念。这些民族长期生活在北方原始森林中,崇拜苍天、高山和树木,认为树是天空的支柱、神灵的居所,也是男根的象征、通往上界的天梯。许多民族神话传说中,树是人类的始母。哈萨克族的创始祖迦萨甘,在大地中心栽下一棵"生命树"。树长大后结出茂密的灵魂,每一片树叶都代表一个人的灵魂。新生命诞生就会长出一片新叶,有人死去,一片树叶便枯萎飘落。人死后,灵魂在另一个世界继续存在,并保佑自己的子孙后代。

事实上,每一朵花、每一株草、每一棵树,都是一个"世界中心"。因为地球是圆的,再者,植物世界不像我们人类,有"中心—边缘"之分。谁也不能说欧美的树就是世界中心树,非洲的树却是世界边缘树了。植物是我们的亲戚、亲人,站在原地不动,但对世界有足够的洞察,它们用"静"来看世界的"动"。每一种植物都是地域的,但它的"地域性"往往是其"世界性"之所在。植物的地域性,比人类的地域性更具一种超越性。

一部中国诗歌史就是一部灼灼其华的"植物志"。屈原的"香草美人",陶渊明的"菊",王维的"明月松间""重阳茱萸",白居易的"原上草"……构成了与诗人齐等的意象符号和文化符号。有人统计过,《诗经》中出现的植物一百三十八种,《楚辞》一百零四种,《全唐诗》三百九十八种,《全宋词》三百二十一种。《诗经》中,芦苇按生长期有葭、蒹、薍、苇等多个称谓,这是词源意义上的诗性命名,不像我们今天,仅留下"芦苇"一个统称。在西方,《圣经》中的植物有二百四十二种之多,主要有小麦、橄榄、无花果、棕榈、石榴、香柏树等。

面对没有噪音和光污染的大自然,古人的视觉和听觉都是十分敏锐的,他们的心灵也似乎比今人要细腻和敏感得多。面对四季变幻、草木枯荣,嗟兮叹兮,嘘唏不已。为了接近自然,生活在自然中,聆听自然的教诲和启示,古人甚至愿意变成一株植物。他们看世界、看植物，有王国维所说的"有我之境""无我之境"之分。"有我之境，以我观物，故物皆著我之色彩。无我之境，以物观物，故不知何者为我，何者为物"（《人间词话》）。这也是"主观诗"和"客观诗"的分野。冯至评价杜甫老年看花看不清，但看湘江两岸人民的疾苦却像从前一样清晰。暮年杜甫，是将世界当作动植物来体认的，遂有"日月笼中鸟，乾坤水上萍"之句，这是何等的胸襟和气象。

道法自然，言出法随，词即是道，这是自然诗、植物诗的一个法则，也应该是今天大自然文学存在的基石。凝视产生"物哀"和物心合一。当我们观察一种植物时，这种植物也在观看我们，这是主客交融、物我两忘的时刻。在某个忘乎所以的瞬间，通过显在的形态，经由隐喻和象征，我们是可以与植物隐在的神性和神秘性相通的。

民族和民族精神，往往与某一些或某一种特定植物紧密相连。水稻和茶树，是中国影响世界的标志性植物；银杏和牡丹，是中国呼声最高的国树、国花；梅兰竹菊，是中国人感物喻志的象征。再譬如，当我们提到白桦树时，就会不由自主想到俄罗斯。白桦树扎根于俄罗斯大地的辽阔、寒冷和苦难中，它理解母性、人道、悲悯的力量和要义。俄罗斯灵魂曾在荒原上放逐、游荡，最终有了归宿：栖息在圣母和始母般的白桦树上，寓居于白桦树银柱般的躯干中。

英国诗人丁尼生说："当你从头到根弄懂了一朵小花，你就懂得了上帝和人。"我还想起一位法国植物学家的话，他说人类至少可以从一棵树身上学到三种美德：抬头仰看天空和流云；学会伫立不动；懂得怎样一声不吭。2009年，我完成对新疆二十多种植物的实地考察，出版了《植物传奇》一书。今年，我在浙江传媒学院开设"丝绸之路上的植物"公选课，受到学生欢迎。在关注疫情、上网课的间隙，写了一些植物诗，也整理了以前写的相关作品。植物的"静"，可以安定我们的"动"，安定我们内心的"乱"。植物诗的写作，将成为我今后持续的诗歌主题之一。用这些作品为植物亲戚塑像，物心合一，同时反观自己的沉思和想象。

2020年7月27日于杭州下沙

群峰之上——自然写作十家诗选

胡弦诗选

诗人档案

胡弦,现居南京,著名诗人、散文家,著有诗集《沙漏》《空楼梯》《石雕与蝴蝶》(中英文双语),散文集《菜蔬小语》《永远无法返乡的人》等。曾获诗刊社"新世纪十佳青年诗人"称号,《诗刊》《星星》《十月》《作品》等杂志年度诗歌奖,以及花地文学榜年度诗人奖、腾讯书院文学奖、柔刚诗歌奖、闻一多诗歌奖、徐志摩诗歌奖、十月文学奖、鲁迅文学奖等奖项。

下 游

江水平静，宽阔，
不愿跟随我们一起回忆，也不愿
激发任何想象。

它在落日下远去，
像另有一个需要奔赴的故乡。

丹江引

河流之用，在于冲决，在于
大水落而盆地生，峻岭出。
——你知道，许多事都发生在
江山被动过手脚的地方。但它
并不真的会陪伴我们，在滩、塬、坪之间
迂回一番，又遁入峡谷，只把

某些片段遗弃在人间。
丙申春,过龙驹寨,见桃花如火;
过竹林关,阵阵疾风
曾为上气不接下气的王朝续命。
春风皓首,怒水无常,光阴隐秘的缝隙里,
亡命天涯者,曾封侯拜将,上断头台。
而危崖古驿船帮家国都像是
从不顾一切的滚动中,车裂而出之物。
戏台上,水袖忽长忽短,
盲目的力量从未恢复理性。
逐流而下的好嗓子,在秦为腔,
在楚为戏,遇巨石拦路则还原为
无板无眼的一通怒吼。

仙居观竹

雨滴已无踪迹,乱石横空。
晨雾中,有人能看见满山人影,我看见的
却是大大小小的竹子在走动。
据说此地宜仙人居,但劈竹时听见的
分明是人的惨叫声。

竹根里的脸，没有刀子取不出；
竹凳吱嘎作响，你体内又出现了新的裂缝。
——唯此竹筏，能把空心扎成一排，
产生的浮力有顺从之美。
闹市间，算命的瞎子摇动签筒，一根根
竹条攒动，是天下人的命在发出回声。

卵　石

——那是关于黑暗的
另一个版本：一种有无限耐心的恶
在音乐里经营它的集中营：
当流水温柔地舔舐
如同戴手套的刽子手有教养的抚摸
看住自己是如此困难。
你在不断失去，先是坚硬棱角
接着是光洁、日渐顺从的躯体
如同品味快感，如同
在对毁灭不紧不慢的玩味中已建立起
某种乐趣，滑过你
体表的喧响，一直在留意

你心底更深、更隐秘的东西。
直到你变得很小,被铺在公园的小径上,
经过的脚,像踩着密集的眼珠……
但没有谁深究你看见过什么。岁月
只静观,不说恐惧,也从不说出
万物需要视力的原因。

林　中

——回忆多么漫长。
椴树的意义被用得差不多时,剩下的
才适合制成音乐。

午后,树林贴着果肉,
言说者,追随提前出现的话语。

"要再慢些,才近似
肺叶间的朝圣者。"
太阳来到隐士的家而隐士
不在家。

树叶拍打手上的光线,
蓝鹊在叫,有人利用它的叫声
在叫;甲虫
一身黑衣,可以随时出席葬礼。

西樵山

如果,你要活下去。
你敲打石头将得到两样东西:火,
和斧子。

然后,我们才能谈谈艺术。
石头里的火星会告诉你:死者体内
只有火能再生,
并给所有的艺术领来岩浆,

又触手冰冷。
我掌中,这充满了气泡的小石头,
能察觉到已经结束的东西。
而巨大的石头,被切割,雕琢,在所谓
成熟的风格或曲线中,

保持生硬。

如果你从火中来,
你也必将知道,活,陈旧而平庸。
爱是一次死亡:喷发,
一个心碎的过程。分散、冷却的灵里,
留有你对世界的同情。

作为一个整体,火会死去,但石块
会一直醒着。
火星,成了被忘却的艺术的天赋。
宗教,用来吸收冲动和震颤的装置。
飞鸟变黑了,藤蔓和水纹都在挣扎,
你住在幽暗的房子里。
——你不会逝去,包括从前那大地的伤悲。

博物馆、书院、古村落、寺庙……
讲解轻声细语,但真正的教诲
会让一座山从内部重新燃烧:只有
少数觉者能绝处逢生。
——那最初的火,犹如孩童,在我们
每个人心底里喃喃自语……
有时我闭上眼,感觉
自己像个在门外偷听的人。

如果我们从火中来,
我们必将在寒冷的梦中睡去,
而火就是黎明。
疼痛,和这世界一样古老。

火焰曾编织天空。思索,
若过于漫长则会充满灰烬。
只有道观的浮雕上这不知名的仙人,
用飘飘衣袂摆脱了沉重。
一个看似不真实的族群,替我们
把对绝望的反抗完成。

尼洋河·之一

米拉山口,经幡如繁花。
山下,泥浪如沸。

古堡不解世情,
猛虎面具是移动的废墟。

缘峡谷行,峭壁上的树斜着身子,
朝山顶逃去。

至工布江达,水清如碧。
水中一块巨石,
据说是菩萨讲经时所坐。
半坡上,风马如激流,
谷底堆满没有棱角的石子。

近林芝,时有小雨,
万山接受的是彩虹的教育。

星 相

老木匠认为,人间万物都是上天所赐。
他摸着木头上的花纹说,那就是星相。
我记得他领着徒弟给家具刷漆的样子,某种蓝
白天时什么都能刷掉,到了夜晚,则透明,回声一样稀薄。
他死时繁星满天。什么样的转换
在那光亮中循环不已?
能将星空和人间搭起来的还有

风水师，他教导我们，不可妄植草木，打井，拆迁，或把
隔壁的小红娶回家，因为，这有违天意。
而我知道的是，老家具在不断掉漆，
我们的掌纹、额纹……都类似木纹，类似
某种被利斧劈开的东西。
——眺望仍然是必需的，因为
老透了的胸怀，嘈杂过后就会产生理智。
"你到底害怕什么？"当我自问，星星们也在
朝人间张望，但只有你长时间盯着它，
它才会眨眼——它也有不解的疑难，类似
某种莫名的恐惧需要得到解释。

树

树下来过恋人，坐过
陷入回忆的老者。
没人的时候，树冠孤悬，
树干，像遗忘在某个事件中的柱子。
有次做梦，我梦见它的根，
像一群苦修者——他们
在黑暗中待得太久了，

对我梦中的光亮感兴趣。
——不可能每棵树都是圣贤,我知道
有些树会死于狂笑,另一些
会死于内心的自责声。所以,
有的树选择秘密地活着,把自己
同另外的事物锁在一起;
有的,则在自己的落叶中行走,学会了
如何处理多余的激情。

过洮水

山向西倾,河道向东。
流水,带着风的节奏和呼吸。
当它掉头向北,断崖和冷杉一路追随。
什么才是最高的愿望?从碌曲到卓尼,牧羊人
怀抱着鞭子。一个莽汉手持铁锤,
从青石和花岗岩中捉拿火星。
在茶埠,闻钟声,看念经人安详地从街上走过,河水
在他袈裟的晃动中放慢了速度。
是的,流水奔一程,就会有一段新的生活。
河边,錾子下的老虎正弃恶从善,雕琢中的少女,

即将学习把人世拥抱。
而在山中，巨石无数，这些古老事物的遗体
傲慢而坚硬。
是的，流水一直在冲撞、摆脱、诞生。它的
每一次折曲，都是与暴力的邂逅。
粒粒细沙，在替庞大之物打磨着灵魂。

嘉峪关外

我知道风能做什么，我知道己所不能。
我知道风吹动时，比水、星辰，更为神秘。
我知道正有人从风中消失，带着喊叫、翅、饱含热力的骨骼。
多少光线已被烧掉，我知道它们，也知道
人与兽，甚至人性，都有同一个源泉的夜晚。
我的知道也许微不足道。我知道的寒冷也许微不足道。
在风的国度，戈壁的国度，命运的榔头是盲目的，这些石头
不祈祷，只沉默，身上遍布痛苦的凹坑。
——许多年了，我仍是这样一个过客：
比起完整的东西，我更相信碎片。怀揣
一颗反复出发的心，我敲过所有事物的门。

沙　漠

——这从消逝的时间中释放的沙,
捧在手中,已无法探究发生过什么。
每一粒都那么小,没有个性,没有记忆,也许
能从指缝间溜走的就是对的。

狂热不能用来解读命运,而无边荒凉
属于失败者。
只有失去在创造自由,并由
最小的神界定它们的大小。而最大的风
在它们微小的感官中取消了偏见。

又见大漠,
又要为伟大和永恒惊叹。
而这一望无际的沙,却只对某种临时性感兴趣。
沙丘又出现在地平线上。任何辉煌,到最后,
都由这种心灰意懒的移动来完成。

地平线

是的，无法接近的远才是真的远，即便
它看上去很近——
你肯定尝试过无数次了，用你无效的倒退和跟进……
是的，奔向天边者从不曾得到迎迓。
而你若站定，它也会站定，并允许你看见
行走的人慢慢朝它靠拢……
——是的，我们相遇的地方，天空曾垂下来
触碰大地，因为世间
除了它，其他界线都是无效的；因为时间
真的有一个虚拟的外延。
——是的，它不允许世界一分为二，沉睡的沙漠，
失踪的峰峦，一直有人从那里返回，额上
镌刻的曲线，和遥远、无限都取得过联系。
而锋刃、杯口、街巷、廊柱的圆弧，则带着
地球腹内持续的颤动，绷紧的琴弦
会演奏我们内心的潮汐……
——是的，那沉默的线，也是转化成声音的线，

可见,有呼吸,记得我们的愿望和遗忘,
并能够被听取。

鸟在叫

鸟在叫,在树丛中。
北风的喘息,已有人把它
从窗玻璃上擦去。

——多少声音追随,飞掠向
另外的空间……
返回的,只是莫名的混响,
稀薄,模糊,不再有用。

粗大的木梁横于屋顶,沉默,稳定。
漫长一日,
由无数一晃而过的瞬间构成。

石栏、水、书橱……
都是被声音处理过的事物。

——我还是离那只鸟儿最近,
正站在
它用叫声编织的阴影中。

行 舟

船桨耙动,某种
类似天空的大块在水中融化。此外,
是上游带来的一团团暗影
从船底滑过,忘记了
它们在几百年前就已死去的事实。
群山绵延,多古木,时闻钟声。
有人忆起,高高山顶站立过
心怀天下的人,以及
梦想的清白、古老传说的寄生性……
"追忆之殇,如同一再被吃掉的水线。"
错开的小洲上,旋覆花开。望着
空中缓缓转折的嶝道,我心头
也有难以推开的巨石:
远方,某种不可见的事物一直

在制造梦想,而深渊,
不过是偶尔回首时的产物。

蛙　鸣

蛙鸣阵阵,那叫声
听上去比白天响亮很多。
用什么来收藏那么多的蛙鸣?
我想,黑夜自有办法。
白天的聒噪,要到夜晚变成音乐。
比起光来,没有光的地方更有耐心,甚至
更安全。
白天时钓蛙,让鱼钩带着饵食在蛙的眼前
不停跳动,蛙就会扑过去:它们
对不动的东西总是视而不见。
这些绿袍子隐士,像时间的代言人,
吞下那动的,留下那静的。反过来,
我们也正是这样让时间上钩:
我们静止不动,让阵阵蛙鸣越过我们,赶往
不知名的远方。
有时我来到池塘边,脚步声中,蛙鸣熄灭。

当我在石凳上小坐，蛙鸣又起，
这些酷爱发声者，对世界
并不真的知情。
是什么样的语言，不包含对世界的看法，甚至，
不表达自我。那纯粹的鸣叫，
到过夜晚最深的地方。
当我们交谈，青蛙在鸣叫；当我们
有所停顿，蛙鸣插进来。仔细听，
那鸣叫声在我们的沉默里
不断追逐，裂变、消失。
追逐青蛙的鸣叫，就像在追逐沉默的意义。
甚至在冬天，当寒流滚过屋宇，
池塘的冰面反射着幽光。你想起夏日，
想起那些缺席者——难道是
它们的离去，在参与我们命运的构造，
并把我们推进了冷风里？
夜晚，星星落进水里，就再也
无法离开幻象生活。
而青蛙只有鸣声传来，它们的肉体
已受到保护，滞留在
自由领域，
除非受到光（在夜深时变得像一种声音）和另外
声音的干扰，
它们会一直歌唱下去。

又是多么天真的一群，当我
在黑暗中静坐，危险
在烟头里燃烧，
它们对此毫无察觉。甚至，
在被打扰之后，在石块扔进池塘、
星子们惊慌逃散之后，
它们镇定下来，重新开始歌唱，
像什么都不曾发生。
我见过网兜内作为食材的青蛙，它们
也会歌唱，或者，像在回忆歌唱。
对世界终极存在的认识，使它们
对猝然所遇，和眼前的处境能飞快忘记。
禁止它们歌唱已经太晚，这造物，
这给我们带来抚慰的乐器。
而号召它们再大声些，只会给空气
植入恐慌的信号。还是
让我们沉默下来吧，体会
黑暗怎样存在，魔法
怎样在阵阵蛙鸣中解体。
或闭上眼，顺着声音，靠近那
正在发声的深喉和肚皮。

小谣曲

流水济世,乱石耽于山中。
我记得南方之慢,天空
蓝得恰如其分;我记得饮酒的夜晚,
风卷北斗,丹砂如沸。

——殷红的斗拱在光阴中下沉,
老槭如贼。春深时,峡谷像个万花筒。
我记得你手指纤长,爱笑,
衣服上的碎花孤独于世。

山　鬼

绿影连绵,朽木有奇香,
像在另外的星球上,
一座山熟悉又陌生。

据说，蝴蝶爱上蝴蝶，
要五秒钟；棕榈爱上芭蕉，
要年月无数。
我爱上你，这是哪一个世纪？
阵雨刚过，椰子含水，天空
刚刚露出蓝色一角。

当我们相遇，我知道大海已来过了，
它爱过的页岩浪花一样打卷，
昏头昏脑的木瓜也结了婚。

如今，我正站在神话外眺望。
天黑了，草籽跳跃，小兽怀孕，
远远地，我知道那灯，
并从心底里向你道一声晚安。

雀　舌

春山由细小的奇迹构成。
鸟鸣，像歌儿一样懂得什么是欢乐。

那时我去看你,
要穿过正在开花的乡村,知道了,
什么是人间最轻的音乐。

花粉一样的爱,沉睡又觉醒。
青峦在华美的天宇下,像岁月的宠儿,
它的溪流在岩树间颤动。

吻,是挥霍掉的黄昏。
桌上,玻璃水杯那么轻盈,就像你从前
依偎在我怀中时,
那种不言不语的静。

创作谈

随笔五则

1

略略述及我对诗歌的一点理解。我有些诗，是以自然景观为对象的。但我想说的是，当另外的时间和人物出现，自然的属性只是第二性的。

我有散步的习惯，有几次，我落脚的地方恰恰是湖边。在湖边散步，是放松的时候，也是适合想起什么的时候。源于散步时的胡思乱想，我发现了湖上滚动的波浪像磨损的齿轮，以及在上面隆隆驰去的时代，并感到空气、垂向水面的柳条，甚至阵阵微风都忽然变得事关重大。自然，也不再仅仅是一个眼前的视觉画面，一个自然或地理存在。我还体会到，在浮光掠影的欣赏者之外，自然，也需要被深度注视，以便它来告诉你它一直忠实的另外的核心。那里，有另外的构造，藏着它情感的地理学。

自然会在各个不同的时代（时间）中呈现各异而又稳定的形态（况且，我们看到的往往只是眼前的一瞬），使你很难进行感情投放。但如果你是个写作者，你就会试图去做深层把握，因为你要把自己与众人区别开来，成为另外的人：一个知情者。

写作者必然是这样的人：面对过往，如果长久地保持静观心态，你早晚会感受到耻辱。自然珍藏着源泉,但需要你意识到,并有所发掘,它甚至渴望被带走,而不是遗弃在那里。它有经历、承载,却没有答案。它也有困惑,并愿意陪你等待、聆听那从未出现的声音……在写作中,一切都处于悬置状态,既有无限耐心,又急迫无比。

自然,既陈旧,又有生生不已的新鲜,但只有在被注视时,它才是当下的,才会呈现其岌岌可危的属性,并构成情感中那令人瞩目的内在景观。自然,会把自己安置在无数时间中,它表面的属性和深存内部的激越,构成了强大张力。写作者要在这张力中生存,并以此摸索自己内心的未知领域。

2

沉香之得名,来源于它的沉水。一块沉香在水中的存在,无言而妥帖,像诗歌存在于最好的读者中。

但在香道里,受到邀请的则是火。火,来帮助我们辨识我们的过往。我见过沉香里的暗火,它迟疑、慢,交谈又交谈,细小舌尖在品尝,终于渐渐放肆,并暗中沉入疯狂……

香道师告诉我,沉香的生成,叫结香,它发生在沉香树的伤口上。那些伤口,有的是自然形成,有的是我们为了结香而割开的。

原来,没有伤口就没有沉香。原来病变是生活的一部分,结香,则类似诗歌的发生学。是的,我们的生活从来就不缺伤口,缺的是对伤口的认知和处理。当一个伤口含有另外的内容,它就不再是空洞的。伤口怎样在那内容中存在?这是个诗学命题。

而沉香作为伤口的副产品,会带着自己的经历走向分叉的道路:它如此香,像一次献祭;或者,它在自己的香气中进入遗忘,闻香之识中，伤口的基因消失了。

据说，结香还可以来自虫蛀：有一种虫子会在木头里蛀洞，沉香木因而结香。所以，这些虫子的行为得以被放任。此乃生存之道：无赖的一群被命运眷顾，成了寄生虫。我有时觉得，正是这种生存之道才引发了刀子的狂热。而狂热是一种不会失传的职业，足以把所有利刃训练成寄生虫。

在伤口内部，也即一个身体或精神记忆的内部，疼痛是持续不散的，那里，藏着足以溺死利刃的东西。但所有用来喊疼的东西都注定要沉默，它们被流放在身体外面，独自存在，它们，已沦为疼痛的纪念品。香味使人沉醉，在另外的生活中，对于历史，我们总是百口莫辩，或懒得再申辩。暴力像一个早已离去的游客，它相信，沁人心脾的香气会收拾残局，并让所有的心平静下来。所以，每炷香都有祈祷的成分，点燃在有人离去的地方；所以，薄薄香灰，像我们体内的阴影，一碰就散了……

烟缕散入虚空，香味，当你写到它，像在写一种崭新的听觉。而只要我们还需要沉香，树上的伤口就不会闭合。这也是诗歌得以存在的缘由。

3

一个朋友住在江边，他常在晚上沿江散步，大声朗诵张若虚的《春江花月夜》。我不知道朗诵《春节花月夜》是否需要大声，在一个喧嚣的时代，也许大声是一种惯性，或一种带有反抗性的朗诵态度。但我很感动，因为面对山川草木的朗诵，本身就是一件孤绝之事。

江边，总是建有亭台楼阁。南京有个阅江楼，楼还没有开始建造的时候，关于这座楼的诗词文章就产生了许多。所以，这座楼最早是建在纸上的，甚至楼早已建好，作者仍会在纸上重建，像岳阳楼，范仲淹从未到过现场，却写出了《岳阳楼记》。在虚构和现实之间，纸上的这一座往往更为不朽。

在江边，波浪拍打堤坝，要站在近处，才有清晰的涛声。而登楼远眺，涛声却消失了，但前人登楼的情景会在头脑中浮现，那些远眺的人，那些把栏杆拍遍的人。有时我觉得，登楼不是地理性的望远，而更像一种向时间深处的张望。这种感觉的清晰化，来自不久前一次听琴的经历。那是个朗月的夜晚，一个琴师携琴来江边的高台上弹奏，同好五六人相随。这样的雅事，现在看来有点矫情，但当琴声响起，它的仪式感凸显，我忽然意识到，这看似表面化的仪式其实就是一种坚实的内容，一个姿势删除了无效的时间，把古今悄然相连。琴声和江风飘忽，台下的水压低了声音，几种声音混合，似在创造一种与音乐完全不同的东西。十根手指，真的能厘清流水吗？涛声离开江水，曲子离开琴弦，仅仅是离开，并没有消逝，而是要去另外的心灵中栖息。我想起我也是从一个很远的地方来到这座江畔古都，恍如一支曲子离开乐器独自远行，并有了自己不为人知的遭际。许多年一晃而过，所谓经历，不像地域，更像在穿越时间的神秘。琴、月光、楼台、草木山川，都是时间的相。而在这其中，江水，像一切的源头。正因如此，虚构与现实才能有同一个躯壳，而精神才会像一段琴声。静听，我听到了琴声中那些从我们内心取走的东西。月色模糊，台下的大江像没有边界。无数上游和支流，是否都还在它的内心翻腾？它的内心，是混乱还是清晰？唯一能确定的，是这旧了的躯体仍容易激动，仍有数不清的漩涡寄存其中。那些漩涡轻盈如初，用以取悦尘世的旋转仍那么漂亮。当它们消散,像怀抱打开,里面什么都没有。但其实不然,那看似空无中,抱负、秘密、辛苦、爱,都在,只是不容易被辨识。而抱紧这些,一直以来都艰难万分。

4

房子的后窗对着山林,林中百鸟鸣啭。在我,鸟鸣,像某个工作的入门。没有东西可写的时候,我就听鸟鸣,那时会觉得自己像一枚鸟蛋,离某个声音还远。

而在林中散步,感触最深的,除了鸟鸣,还有各种各样的树木。

有些事物像鸟鸣那样不知不觉地存在,如果仔细听,你会觉察到,它不仅仅是回荡在山林间,而是回荡在无始无终的时间中。对于一座山林,鸟鸣,千百年来从未改变,也不会从这种鸣啭中衍生出新的意蕴。正是这样的发现,在改变着人生的意义,并使得我的生活总是从某一时刻重新开始。

生活的秘密总是无穷无尽,并会自然而然地被转换成情感秘密,旋律一样穿过诗行,使得眼前的风俗画面成为富有魔力的心灵回声,并赐予我们一种拯救般的抒情语调。由此,一个人写诗,可能既非在深刻思考,也非对语言的警觉与感知,而是一种古老的爱恋。爱,使他在质朴的声音中,寻找那种历久弥新的知觉,从而给所爱之物以别样的观照。我们曾是饶舌的人,但一切都变得更强烈了,说了很多以后,终于发现了自己沉默的属性。众多的修辞,竟不如鸟儿那呱的一声来得有力。

我还发现,仔细观察树木,也是一件有意思的事。树木的位置感最强,它们被固定在那里,这个隐喻,足以使一座树林超出植物界的范畴。一片短寿的苔藓和一棵千年老树，对树林的认识，无疑会大相径庭。在林中你总能发现，那些高龄的树木，像屹立在某种名望中。而另一些树，会比身边的树更加不幸。在那里，我重新想到了诗人和他的作品应该怎样存在。认识一个场域，需要假设；而认识一个时代，无疑要有更长的时间背景，否则，我们得到的现实，可能恰恰是非现实的。

我还听不懂鸟鸣之间的情感差异，甚至听不懂穿过树林的风声。生活有种严厉的幽默，类似写作者的孤独。树林看上去平淡无奇，但诗人愿意做个亲密的知情者。是的，即便你写下了整个树林，可能仍没有一棵树愿意真正出现在你的诗行中。诗，只能在精神领域深处寻求那异样的东西。当诗人直面其所处的时代和精神，挖掘并整理它们时，他会意识到，这事儿，的确不能交给其他人来处理。

5

我能够确定的是，所有的抒写都与回忆有关，尽管很多人展望未来或做无所事事的幻想时都会有诗意盎然之感。

现在还是来说说我小时候过河这件事儿吧。一次，我和伙伴们涉水过河，到河西去割草。河水很浅，刚没过脚踝。但等我们割完草回来的时候，河水却涨满了整个河筒子，浑浊，不停流动，听说，上游正在向河里翻水。

河水突然的变化，对于一个顺着河岸骑自行车的人来说，可能毫无意义，只有那些急于从对岸回家的人，才会焦灼地审视它。

原来，那么多的激流，只是冲进了个别人的生活里。

未来的诗人恰在其中。

怎么过河呢？如果绕道，要走到二里多外的小石桥。马上过河，办法似乎有三种：

其一：拖着割来的草，就这么凫过去（危险可想而知）。

其二：把草扔掉，只带着草箕子（一种藤条编的盛草的工具）凫过去（危险大为降低）。

其三：什么也别带，脱光了衣服，扑通一声，跳到河水里畅游一番。

可想而知，第三种方式无疑才是诗人最想要的，浪漫，富有诗意，还可一抒"到中流击水"的豪情。但在现实中它从未出现过，今后也不可能出现。诗人与世界的对立由此诞生。

或者说，生活从无诗意，诗意只在诗人的头脑里，如同梦幻。一河浑水自顾流淌，它才不管我们想到了什么。

还能怎么办呢？我们只能采取最强硬的办法：拖着草凫过去。

但我们很快就后悔了。河里的水急得很，而且，草箕子和草一浸水，竟变得死沉，拖得我手忙脚乱，连着呛了两口水。这时候，最好的补救办法是把草箕子丢掉，减轻负担。小亮果然这样做了，他很快游到了前面。但我顾念到丢了草箕子，回家后一定会挨一顿胖揍，所以，还是死命地抓住草箕子不放手。

正在万分危急的关头，手里的草箕子却猛地一轻，原来，是里面的草被冲走了。这样，我终于得以游到了对面。

回到家，母亲问我：你割的草呢？我向她叙述了经过，她听后狠狠给了我一掌,说:那你还要什么草箕子!命要紧还是草箕子要紧!

我大悔,早知如此,我何不像小亮一样把草箕子扔掉。果真那样,说不定还可以免掉每天割一草箕子草的苦役呢。但再也没有这样的机会了,母亲说:记住,明天割草不要再到河西去了。

面对生活我时常后悔,但是,面对总是突然而至的生活,我又何曾好整以暇过。

况且后来我听说,小亮也挨了他爸一巴掌,因为他把草箕子丢了。这使我困惑:为什么丢不丢草箕子都要挨巴掌呢?

在过河之前,我们不会想到巴掌。面对湍急的河水时,我们根本望不见在遥远的前方还有一只巴掌等着我们,而且,不管我们怎样做都躲不开它。

思考让我在生活中越陷越深。是啊!诗意只是在头脑中一晃而过,最后,我总是不免掉进哲理的深渊。

所有的危险都已过去,现在,我似乎可以好好地再回想一下过河这件事了。

我在想,过河之后,手里有和没有草箕子是不一样的,因为,过河后的草箕子已经成为我自豪的把柄。

原来,自豪就是要努力地拖动生活中的沉重之物。

那么,要是我侥幸把割来的草也拖到了对岸呢?

这个想法吓了我一跳。它和我在水中拼命挣扎时的细节勾连起来,让我一阵惶恐,却又生发出一丝丝的快意。我知道,历险的过程,已经压榨出了我心中的另一种残酷诗意。

割草之余，伙伴们喜欢争论。小亮的嘴巴笨，总是处于下风，他急得脸通红，像被别人的话呛住了一样。事后，他有时会说，当时他如果说一句怎样怎样的话，就能把我镇住。

　　我仔细想了想，确实如此。但在激烈的争论中，怎么可能给你这样从容的机会呢？

　　再次争论的时候，我忽然就想到了那天河里疾速流动的浑水。沉甸甸的观点，就像浸了水的草箕子和草，只是这次，死抓住不放的，不是我，而换成了别人。

　　望着争论中憋得像内急一样的小亮，我差点笑出声来。

　　我想，我小时候的伙伴小亮也是有可能成为一个诗人的，因为在我们都忘记了争论这件事的时候，争论仍在他心中继续。也就是说，他是一个一直生活在湍急的河水中的人。

　　但他从未写出过一首诗。他一直在故乡，听说混得不太好，生了一群崽，有些困顿。他和其他的伙伴，以及那条河，时常被我记起。不过，写诗这么多年，我不敢肯定的是，诗意，是跟随着我，还是留在了故乡的一个什么地方，并且一直待在那儿，从没有移动过？

李元胜诗选

群峰之上——自然写作十家诗选

诗人档案 **李元胜**，诗人、博物旅行家。重庆文学院专业作家，重庆市作协副主席，中国作协诗歌委员会委员。曾获鲁迅文学奖、诗刊年度诗人奖、人民文学奖、十月文学奖、重庆市科技进步二等奖等。

对 湖

一个坐在湖边的人
这世上，还有什么能让他羡慕

芦苇像他曾经的生活
规矩而仔细的仿宋，风一吹
成了凌乱难堪的草书

湖水也像他曾经的生活
一排排玻璃房子，摇晃着
这么多年了，他住过的每一间
仍在黑暗中莫名战栗

就这样吧，他微笑着说
像是自言自语

一座废墟夕阳中镀金
仅仅一个傍晚
他便放下了万顷芦苇和湖水

蜀　葵

一个夏天的奇思妙想结束了
蜀葵带着枯萎的美,像停止上升的梯子——
啊,那花朵般的攀登者的脚印

现在,我们正处在残破、转折的时刻
一切就像被大雨淋坏的名画

黑色种子落到我的手心
留给未来的陌生的自己、全新的梯子
以及包含死亡的神秘方程式

夏天里,很多行星也在这样枯萎
而我们身后,宇宙仍将运行
带着无穷多的神秘方程式

南　山

顺着那些小路，南山
有时下来看看我
空气潮湿，紫藤突然黄叶纷飞
我笑了，仍然低头干活
"桌上有一杯好酒"
看过我的南山，没有回到以前的位置
不易察觉的偏差，记录了它的一次旅行

李花落

李花落了，参加婚礼的宾客各自散去
留下一个空空的剧场
它空吗？细碎的婚纱遍地洒落
当女人脱下衣裳
她们看上去更复杂迷人

饱满的子房沉默着，若有所思
在一粒果实里，天黑了下来
秘密的手工悄悄开始
欢乐的金线，痛苦的银线
来回穿梭，驱动它们的是
几亿年的漫长思考

齿轮咬着齿轮，金属摩擦金属
她们经过的小路
还原成闪电，又重新冷却
苦涩的经验，甜蜜的果肉
都在寻找着最美的样式
它们同时找到了——
那就是一滴眼泪的形体

还有很多路没有走过
又怎样呢，当她们在狭窄产房忙碌
照料明天的主人，推开层层栅栏
浩瀚的大海也不忍离开
它深陷在这渺小的果实里
仿佛困于自己的又一个身体

沉默的钟

沿着大巴山脉的沟壑,三个省攀缘而上
最终,鱼背一样隆起的峰顶,神田
它们汇聚在一朵贝母花上

那是一口银质的钟,已在遗传中磨旧
仍然不曾被谁敲响
就算是利器一样的风刮着它

我们背负的无人知晓的巨钟
被刮着,隐藏在草丛里的比贝母花还小的钟
也被刮着,成千上万卑微的物种啊

贴着地面,我听到了很微弱的声音
嗡嗡——嗡嗡——
莫名地战栗着,恐惧又惊喜着,辗转亿万年
嗡嗡——嗡嗡——

我们将在哪一个清晨敲响？
谁是那走过来的敲钟人
谁的耳朵，能放得下这成千上万口钟
发出来的巨大轰鸣

北屏即兴

一生中登过的山
都被我带到了这里，我昂首向天
它们也都一起昂首向天

一生中迷恋过的树
也被我带到这里，我们默契地
把闪电藏在身后

群峰之上，天马之国
可以挽狂风奔雷飞驰
也可以安坐溪谷，放下幽蓝的水潭
上面漂浮历年的落花

满山遍野的山樱上
有忍耐过无数冬天的碎银
有鹰滑过的影子

这是适合我们的国度,总有狂野之物
和我一样,友好而忍耐
但不可驯服

玛 曲

我来的时候,黄河正尝试着
转人生的第一个弯
第一次顺从,还要在顺从中继续向东
这优美的曲线其实有着忍耐
也有着撕裂,另一条看不见的黄河
溢出了曲线,大地上的弯曲越谦卑
它就越无所顾忌
它流过了树梢、天空、开满马先蒿的寺庙
流过了低头走路的我
它们加起来,才是真正的黄河
可以谦卑顺从,也可以骄傲狂奔

只要它愿意，万物
不过是它奔涌的河床

九重山

多年后，我仍留在那座不可攀登之山
有时溯溪而上，有时漫步于开满醉鱼草花的山谷

它和我居住的城市混在一起，我推开窗
有时推开的是山门，有时是裳凤蝶的翅膀

夜深了，半人高的荒草中，我们还在走啊走啊
只是那个月亮，移到了我中年的天空

几乎是我想要的生活：堂前无客，屋后放养几座山峰
前方或有陡峭的上坡，不管了，茶席间坐看几朵闲云

依旧是一本书中打水，另一本书中落叶
将老之年，水井深不可测，每片落叶上有未尽之路

黄河边

一切就这样静静流过
云朵和村庄平躺在水面上

像一个渺小的时刻,我坐下
在无边无际的光阴里

悲伤涌上来,不由自主地
有什么经过我,流向了别处

每一个活着的都是漩涡,比如马先蒿
它们甚至带着旋转形成的尾巴

蝴蝶、云雀是多么灵巧的
我是多么笨拙的,漩涡

有一个世界在我的上面旋转,它必须经过我
才能到达想去的地方

飞云口偶得

没有准备地,突然看到这么多黄昏
而我们的黄昏不在其中
仍然是被流放的旅途,是各种黄昏交织的肉体
我们的拥抱,刚好形成彼此的喘息之所
也是没有准备地,两条完全不同的道路
穿过了同一个宿命

难道我们是彼此狭窄的入口?每次相逢
重新进入变得愈加陌生的人间
我们的爱,是彼此之间不断扩大的莽莽群山
是群山从笛孔中夺关而出的嘶嘶声
照过我的月亮,多了一些斑点
被你读过的诗,永远带着一处不显眼的缺口

嵩山之巅

滑过的雪,没有滑过的雪
被宠爱过的,被侮辱过的生命
都会回来,在某个阴雨的下午
在一片萧瑟的嵩山之巅

遍地春风的时候
我还独爱这群峰之上的萧瑟
沿着四周险峻的小路
逝去之物正在汇聚

唯有萧瑟之人,才能看到它们
他走着,步履迟滞
因为昔日的滑雪板擦着头顶飞过
某对恋人,再度漫步在他的山谷中
一个下午,无数日出日落交替

唯有萧瑟之人,收容了它们
今年、去年甚至更久远的雪花

雪花一样的事物
在阴雨中，一步一步
把它们仔细推敲、衡量

川续断

如此沉重的头颅
如此纤弱的身体

清晨，还要挂满露水，再挂满蝴蝶
黄昏，还要加些盛年，再加些暮年

它微微摇晃了一下，又努力站稳
还能如何，谁不是站在时间的悬崖上

又一次，在如此渺小的容器里
宇宙放下自己的倒影

又一年，它们复杂而甜蜜的齿轮
在黑暗中运转，朝着不可预测的未来

世界或许正由此进化,永不停息
有时凭借它们的奇特思考,有时凭助
它们突然遭遇的阵阵晕眩

无花果

这肯定是疼痛的,也是漫长的
把大地缓慢地卷成一个果实
它一个春天,需要几十万年的缓慢

像一张地图
把北京、上海、乌鲁木齐、三亚
卷起,这些多汁的籽终于挨在一起

但是怎么能紧紧抓住所有的
特别是春风四起的时候
在我的惊呼中,有一个省正快速滑向你

这肯定是疼痛的
是几乎不可能的,如何能把一场暴雨卷起
如何……唉,那青春里的泥泞

肯定需要几十万年，才能把星辰
缓慢地卷在一起
夜空，这张不再发光的旧桌布

多少道路，会在这个过程中折断？
我这年久失修的桥，承受着无数悲愤的自己
就像承受着无数飞驰的货车

终于，没有花了，也没有日出日落
一切都卷到里面，包括我们的一切
眼前，没有了世界，只有世界的背影

赤基色蟌

雄性的赤基色蟌飞起又落下
性别在翅膀一角耀眼地红着
它扑向自己的倒影
却永远无法把它带到空中
这奇怪的结果，让它一再尝试

雌性早就看穿了这一切
昔日的深涧,已成危险的人间
她删去了红色,不再游戏
一有响动,立即隐身于悬崖高处

像一个倾慕者,隐身于哈佛大学茫茫书架
低头看着抒情中的希尼——
他在英语的水面,一再降落
试图抓住自己的倒影

菩提树

它照顾着一座空山的寂静
一边接纳我,一边安抚被我打扰的一切
其实我来了,山也仍然空着
万物终会重归寂静
两种寂静的差异
让它结出了新的菩提

巫山红叶颂

这是严峻的时刻,隆冬将至
一切甜蜜的须加速腐败
这是爱的终点,是结束回忆的时刻
是放手的时刻,让江水落回河道
大地落回地平线以下
一切虚构在空中的,终将烟消云散
轮到你了,没有人能绝处逢生

所以,这不是为爱揉红的眼睛
不是朝阳,不是深夜的炉火
只有严峻的时刻,只有万物寂静
只有突然的陡峭,只有用到最后的人生
这是无声的红疼痛的红
在世上辗转万年,滚烫的诀别的红
这是天地最后的慈祥
为你,也为坡上就要冻僵的蚁虫
为下个轮回,巫山展开了十万件耀眼的袈裟

胭脂岭,和张新泉先生一起遇蛇

从草丛里探出头来
像一首充满杀机的诗,这是它的时候
锋利的词已在身体里全部醒来

迂回行进,用一连串的错误
创造惊悚的曲线之美
永远不正确,正是它的天赋

我们与造物之间的紧张
创造了自由、黑暗的它?
或者,物种必定自带神秘的道路?

它移动,像是在复印自己
从一个环节中拉出无限的环节
啊,那每节的停顿,那每节之间的深渊

春色在这座山上已经过度
春色在移动的小火车上已经过度

而我们,并不是它挑中的乘客

所以,草丛中必定有我们忽略的铁轨
书架上必定有我们忽略的草丛
年龄中必定有我们忽略的车站

枝条的弧线,河流的缓缓转弯
宿命用自己的语法和写作技巧
不断创造我们一生中的倾斜

在众多的朗诵中,只有极少数
有着那威胁性的嘶嘶声、后退的山坡
草丛中突然的移动

群峰之上

获得一座山的方式有两种:
在它空出来的地方喝茶
或者徒步登高,和它一起盘旋而上

两种方式，得到的山并不相同
造成的后果也大相径庭
想到这里，一切已经来不及
无意间我已在群峰之上

透过云团的缝隙
我们繁忙的日常，在山脚围绕
像迷雾重重，又像万丈深渊

赵述岛的采螺人

这湖蓝色的，以及
它怀抱着的其他的闪耀
美得很不真实
像一个人的梦境
……什么样的人
才能创造出如此梦境

采螺人牵着船
踩碎了湖蓝色的镜子
像一个悄悄进入天堂的小偷

放过那个小小的螺吧
放过那个稍大的螺吧
微笑着的神,疼痛着,忍耐着
这湖蓝色的慈悲啊

在渔村的餐桌上
我们品尝着采螺人的收获

鲜美,但有一点咸咸的
那个做梦的人
微笑着,又似乎滚动着眼泪

月亮背面

即使在西沙群岛
我们也只能看到月亮这一面

夜里,海龟慢慢爬上沙滩
这些勇敢的搬运工
为我们带来月亮背面的事物

有一缕光在随着它们移动
从永恒的寂静开始
穿过万顷波涛,最终来到这里

清晨,银毛树开花了
它们已经忘记了自己的旅行
我是否也是这样

不明白自己来自何方
也无法解释
为何身披如此多的银线

创作谈

旷野的诗意

一

在我的人生经历中,有两个阶段是和旷野有着密切联系的。

第一个阶段是我的童年。我出生于四川省武胜县,虽说家住县委大院里,院墙却只是一种带刺的灌木。灌木墙有很多稀疏的地方,不只是小孩儿可以钻出去玩儿,老乡的牛也可以钻进来,到宿舍间的空地上吃草。可想而知,出门就是田野、树林和溪流,我幸运地拥有如此珍贵的孩提时光:可以自由地奔跑在旷野里,可以观察草木鱼虫,也可以沉浸在独享一个山谷的自在和孤独。不知道为什么,我从小就不喜欢同龄人的各种小游戏,自我从集体中放逐出来,喜欢安静读书,喜欢树林和溪流。书籍和旷野有一个共同点,它们都是无限大的容器,能为你展开世界辽阔的一面,有这一面作为背景,你就不会局限在眼前琐碎的人和事中。另外一方面,相比城市里长大的人,我也有更多机会接触农事和贫困的乡村,其实过了很多年我才知道,这样在乡村和旷野里泡着的童年,给我的写作提供了一个基调。旷野自带神秘和深邃,而乡村有着缓慢而丰富的哀伤和抒情性,前者让我时时感觉到自我的渺小,后者给了我非常有用的材料,不仅可以用于后来的写作,也可以用于阅读。当我读到俄国和德国的乡村生活时,总是忍不住比较它们的气氛、细节和抒情性上的差异。

另一个阶段是从2000年左右开始的，非常奇妙，非常偶然，我突然对蝴蝶发生了浓厚的兴趣，用手里的数码相机拍摄身边的蝴蝶，然后和手里的资料进行比对，到刚刚兴起的互联网论坛上去请教。还记得，我连续拍到的一种黄色的凤蝶，居然查出来三个名字：金凤蝶、柑橘凤蝶、花椒凤蝶，它究竟应该是这三种里面的哪一种呢？我在电脑上放大了图片，一张一张慢慢研究，终于，外行而笨拙的我发现拍到的原来是两种不同的蝴蝶，然后继续请教专家，发现其中一种原来有两个名字，北方叫花椒凤蝶而南方叫柑橘凤蝶。这件小事极大地鼓励了我，我开始了更多的拍摄和学习。就是从那个时候开始，我把几乎所有的周末时间，都用在了旷野的考察中。先是蝴蝶，然后迅速扩展到所有昆虫，在后面的田野考察里，又对植物和其他动物也同样产生了浓厚的兴趣。这个阶段大概有7年左右。然后我开始了一些主题性的考察，比如对热带雨林昆虫，西南山谷的野花，等等，有一个大致锁定的目标，考察起来就有连贯性也更有乐趣。近年来，我又尝试了锁定一个更小的区域进行系统考察，如曾连续三年对重庆一个山谷的春季野花进行观察，如锁定西双版纳的最后秘境勐海县，不同的季节去到同样的地点去记录和研究物种，缩小了范围，更不容易错过精彩的段落。

尽管看起来我和自然科学家们运用的是大致相同的野外考察办法，但实际上，区别是很大的。我对分类知识只有有限的兴趣，对新物种新纪录的发现也是这样。和他们不一样的是，我满足于田野考察的体验，旷野里的这些物种，在我眼中特别清晰地展示出生命的奇异和博大，意外的惊喜和震撼会持续出现在考察过程中。当我独自一人穿行在深夜里的雨林中时，这样的惊喜和震撼支持着我，让我变得无所畏惧。宇宙无边无际，但是宇宙最奥妙最神秘的部分就是我们眼前的各种神奇的生命。可能每个人都有他自己独特的超越自我的办法。而我在和自然的相遇中，更能从渺小的自我中挣脱出来，相对没有局限地感知宇宙和生命的深邃和美妙。

二

1981年，我开始诗歌写作，2000年左右我开始田野考察，其实我的爱好还有很多，但开始了以后就没有再中断的就只有这两个。刚开始的时候，我认为它们是独立的两件事情，对于写作来说，田野考察最多也就是增加一些可以利用的题材。我个人的诗歌写作有两个福地，一是自己的书房，二是湖畔。当我背靠着书架，背靠着人类积累的精神天梯的时候，写一首诗很容易。在湖边散步的时候，更是会有无穷无尽的句子涌上来，像湖水拍打湖岸一样，拍打着我。后面这个情形下，我的写作比书房里会更多即兴的东西。但是森林里的穿行，会让我增加很多有意思的笔记，而不是直接增加诗歌的写作。

2011年5月的一天，我和朋友们到了重庆郊外的青龙湖，白天我们环湖而行记录物种，然后就等待着晚上的灯诱。灯诱是利用昆虫的趋光性，守株待兔，等着夜晚里的昆虫自行到灯下报到。坐在灯下，静静地等着那些神秘的小客人，从树梢、从旷野里的隐蔽角落飞过来，是一件非常有趣的事情。天色微暗时，我和朋友在楼上的阳台喝茶看天，意想不到的是，无边无际的浓雾突然就涌了过来。

"看来今天的灯诱不行了。"朋友叹了口气。我却被浓雾中的景象所吸引，心有所动。我顾不得礼貌，把朋友劝离了房间。掏出纸和笔就写了起来，一边写一边感觉到和这段时间的其他作品完全不一样。我看到的景象，大自然偶然向我敞开的一切，自行决定了我这首诗的面貌，从而冲破了我自己在那一段时间的写作套路。这首诗就是《青龙湖的黄昏》。

青龙湖的黄昏

是否那样的一天才算是完整的
空气是波浪形的，山在奔涌
树的碎片砸来，我们站立的阳台
仿佛大海中的礁石
衣服成了翅膀
这是奇迹：我们飞着
自己却一无所知

我们闲聊，直到雾气上升
树林相继模糊
一幅巨大的水墨画
我们只是无关紧要的闲笔
那是多好的一个黄昏啊
就像是世界上的第一个黄昏

《青龙湖的黄昏》并不是我十分满意的诗，但在我的诗歌写作里，却是一次例外。这次写作促使我重新回顾了十来年的写作，从中我发现了一条之前没有注意到的线索：十年的田野考察，之前以为只是给我提供题材，其实已经悄悄地改变着我的诗歌的面貌和写作方式，这样的积累一直在进行，到了这首诗，更是让我明显感觉到了一种新鲜的力量——大自然给我所提供的摆脱自己的写作惯性的力量。

不管是书房或者湖畔，能让我之前更容易写出诗来的这两个地方，或许只是写作上的一点儿癖好，它们和写出来的诗本身并无直接关系。而从2011年开始，我找到了可以背靠的另一个天梯，就是持续给我惊喜和震撼的大自然。我发现，大自然不只是一个更容易写出诗的环境，它能直接给我丰富的启发，甚至，刷新我的造句方式。我的田野考察和诗歌写作的两条线索，终于交织在一起：诗人的角色让我的田野考察更注重自我的体验和发现；常年行走在旷野，又让我更能接近原始的朴素的诗意。

2016年7月，我参加了一次《诗刊》社组织的采风活动，有机会去到向往已久的甘南草原。7月正是观赏草原野花的极佳时节，我近乎疯狂地利用一切时间观察和拍摄野花，短短几天，就记录了30多种，很多都是第一次看见。有一天我们来到了玛曲，来到黄河第一湾，一个人走在草丛深处的我，不知不觉地从野花中抬起头来，慢慢地看着眼前的水流，它正优雅而柔顺地转弯，在大地上画出一条弧线来。我看得呆了，这条弧线是我见过的最美妙的弧线吧。我情不自禁地想，这样宁静、伟大的弧线，如果能成为一首诗的结构，那一定很不错。后来我们离开了河边，参观了寺庙。寺庙前面的草地开着一种我没见过的马先蒿，它的每朵花都戴着一个像小小漩涡的帽子。我爱死这小帽子了，后来我查到它的名字，叫扭旋马先蒿，一种中国独有野花儿，甘南草原正是它们的家园。我又情不自禁地想，这样美妙的小帽子，如果能成为一首诗的结构，也应该很不错呀。

当天晚上，我有点儿轻微的高山反应，还觉得有点儿奇怪。再想一想就明白了，起得早，早餐前就跑到酒店后面的山坡上拍野花，然后一整天没消停，有这点儿反应是正常的。我打起精神，从背包里取出纸笔，画了一个弧线，又画了一个漩涡一样的小帽子，然后闭着眼睛倒在床上。几乎是同时，两首诗就想好了。我坐起来，晕乎乎地把它们写完。写得太快太顺手，我反而有点儿担心，直到两个月之后，发现还是没有找到要修改的地方，于是定稿。

玛　曲

我来的时候，黄河正尝试着
转人生的第一个弯
第一次顺从，还要在顺从中继续向东
这优美的曲线其实有着忍耐
也有着撕裂，另一条看不见的黄河
溢出了曲线，大地上的弯曲越谦卑
它就越无所顾忌
它流过了树梢、天空、开满马先蒿的寺庙
流过了低头走路的我
它们加起来，才是真正的黄河
可以谦卑顺从，也可以骄傲狂奔

只要它愿意,万物
不过是它奔涌的河床

黄河边

一切就这样静静流过
云朵和村庄平躺在水面上

像一个渺小的时刻,我坐下
在无边无际的光阴里

悲伤涌上来,不由自主地
有什么经过我,流向了别处

每一个活着的都是漩涡,比如马先蒿
它们甚至带着旋转形成的尾巴

蝴蝶、云雀是多么灵巧的
我是多么笨拙的,漩涡

有一个世界在我的上面旋转,它必须经过我
才能到达想去的地方

有一次我去四川小凉山地区采风，同行的有著名诗人张新泉。我们在山道上缓缓走着，他很有兴趣地看我拍摄路边的野花、青蛙，不时聊上一两句。突然，我在草丛中发现了一条蛇，然后悄悄靠近观察和拍摄，我们两个没说话，但还是惊动了它。蛇迅速地溜走了，溜出一条好看的曲线来。我赞叹了一句，蛇行的线路真是好看。我又对张新泉先生说，就用蛇行的曲线来写一首诗，应该很有意思。当天晚上我就真写了，尝试让一首诗获得蛇形向前的力量。

如此戏剧性的案例还有一些，但更多的时候，旷野带来的影响是潜在的隐蔽的，并不作用于写作的制式，如果不是写作者自己，可能感觉不到这种和全新诗意的意外遭遇。而每一次，我都感觉自己既有的写作模式必须改变，才能够匹配在旷野的此时此刻所感觉到的东西，它给我如此之大的压力，不管是结构、造句，还是用词的细节，所有的一切，都必须为眼前的写作而弯曲，甚至突如其来地进化。

三

我的文学启蒙来自童年接触到的唐诗宋词，中国古典文学是一笔巨大的遗产，至今仍滋养着我们。但是我的诗歌写作，却是就读重庆大学接触到德语诗人里尔克的作品才开始的。我的很大一部分写作，是把自己和自己的内心，当成急剧变化的时代的探测器甚至试纸。这不仅是一个写作者的责任，也是推动写作变化和前进的动力。

在这样的工作中，中国古典文学的影响是相对微弱的，看起来就像是一个模糊的背景。我个人的写作和它之间似乎有一个的缝隙。当我独自穿行在海南岛的尖峰岭午夜的丛林深处，当我在云南勐海县勐阿管护站的瞭望塔上俯视群山，总是思绪纷飞，其中一缕就是感觉到那个缝隙其实非常巨大，因为我面对的无边景象就处在这个缝隙里。

是的，多数时候，当我们谈到自然，其实谈的是我们从书本上接受的关于自然的知识（包含着很多神秘和未知的自然蜷缩在这些概念里），或者，谈的是城市及周边被圈养、修饰甚至根据人们需要格式化过之后的自然。真正的自然似乎在地球上步步后退，再过几百年，地球上是否还有真正的旷野？

而对于古代诗人来说，城市和村庄只是大自然边缘的点缀，时代变化很慢，宇宙亘古不变，他们的诗歌更多得到自然的滋养。除去文明的进展，特别是科学的发展，我们之间还有一个很大的区别，就是自然的萎缩。孕育诗歌的温床不一样，解读诗歌的背景也不一样。我们丧失了对自然的敬畏，或许，也部分丧失了在自然中获取启发和想象力的能力。

在我看来，自然不仅仅是指地球上的海洋和荒野，还包括我们的天空，天空上的星月、银河……以及，整个宇宙。这无比浩大的自然中，有宇宙自身的大小法则，有古人所说的道，有无穷多个可能是互相嵌套在一起的世界。在宏大的宇宙法则中，人类漫长而灿烂的文明不过是微小的斑点。我们的写作背景，还只能是我们的城市和历史吗？这无限的自然，理所当然的也应该成为永远悬挂在我们思考和写作中的背景。成为我们写作时背靠的永恒天梯。

即使是地球上尚存的自然，对于个人来，也是浩大无边的，但是因为我们个人经历和活动的范围的局限，似乎离我们的生活很远，离我们的写作也很远。我去过南海两次，也曾乘坐冲锋舟从一个岛到另一个岛。被蓝色的大海、美丽的珊瑚礁所震惊和感动的同时，我不得不面对我们写作的一个空白。不仅仅是诗歌，整个中国的海洋文学还处在起步阶段,而海洋占地球面积的 71.8%。从我个人的阅读来看,其实中国的自然文学整体同样处在起步阶段,巨大的空白等待着拓荒。

诗歌除了见证时代,见证人间,还有责任见证地球上尚存的自然。诗歌的见证和科学的见证是不一样的。在我的眼里,大自然中的每一个生命个体,既短暂而卑微,但同时也尊贵无比。活着的生命是不能被简化、归纳的,甚至所有的知识都无法阐述一个简单生命的完整性。文学能够见证生命在所有知识之外的丰盈和自足,见证大自然超出我们想象力的细节。反过来,自然作为一个重要的资源,会启发我们写出全新的作品。

对我个人而言,在旷野行走的越久,对生命和写作的依恋就更炽热。有时候,旷野让我重新回到古老的抒情方式里;有时候,旷野又让我放弃抒情,沉浸在自我的审视和衡量中。在写作中放弃抒情,其实是一种更谦卑的方式,只有这样,才可能接近深邃的真实。

没有自然为背景的写作,可能同样犀利,但总是不完整的。每个人的内心都是一个充满无限可能性的容器,但事实上,即使连勇敢的写作者,也常常局限在很小的存在中。我时时有这样的恐惧,觉得自己错过了很多,最终孤悬在无边的时光之外。但是,当我走在旷野中,当我把壮丽的自然也放在内心里衡量时,我能感觉到某种心安和完整,就像回到故乡那样。

群峰之上——自然写作十家诗选

李少君诗选

诗人档案 李少君，1967年生，湖南湘乡人，1989年毕业于武汉大学新闻系。主要著作有《自然集》《草根集》《海天集》《应该对春天有所表示》等十六部，被誉为"自然诗人"。曾任《天涯》杂志主编、海南省文联副主席，现为《诗刊》主编。

应该对春天有所表示

倾听过春雷运动的人,都会记忆顽固
深信春天已经自天外抵达

我暗下决心,不再沉迷于暖气催眠的昏睡里
应该勒马悬崖,对春天有所表示了

即使一切都还在争夺之中,冬寒仍不甘退却
即使还需要一轮皓月,才能拨开沉沉夜雾

应该向大地发射一只只燕子的令箭
应该向天空吹奏起高亢嘹亮的笛音

这样,才会突破封锁,浮现明媚的春光
让一缕一缕的云彩,铺展到整个世界

霞浦的海

一

霞浦，霞光的巢穴
霞光从此起飞，霞光从此出动
黄昏，全部收回，织就满天锦绣

二

霞浦，霞光的渊薮
从天边涌来，从海中跃出
取下架笔，蘸一点霞光，写万千彩章

三

霞浦，山海相映
山之陡峭，恰显海之气象
海之辽阔，方有山之险峻
山，高耸出了高度；海，深沉进而深远

四

霞浦自成一世界,云环雾罩
竖立的悬崖是你的,岬角的小花也是
混沌的岛霭是你的,推涌的波浪也是
海是天然舞台,那一轮磅礴而出的崭新的太阳
也是你的

五

海刷新着世界,每一天都是新的一天
海永远年轻,古老只属于速朽的事物

在霞浦,一切如此现代并继续现代
每天花样翻新的云,每天轮流升起的日和月
你也不再是昨天的你,你已被海风刷新了境界

山 行

野草包裹的独木桥
搭在一段清澈的小溪上
桥下,水浅露白石

小溪再往前流,芦苇摇曳处
恰好有横倒的枯木拦截
洄环成了一个小深潭

我循小道而来,至此
正好略作休憩,再寻觅下一段路

热带雨林

雨幕一拉,就有了热带雨林的气息
细枝绿叶也舒展开来,显得浓郁茂盛
雨水不停地滴下,一条小径通向密林
再加上氤氲的气象,朦胧且深不可测

没有雨,如何能称之为热带雨林呢
在没有雨的季节,整个林子疲软无力
鸟鸣也显得零散,无法唤醒内心的记忆
雨点,是最深刻的一种寂静的怀乡方式

在北方的林地里

林子里有好多条错综复杂的小路
有的布满苔藓,有的通向大道
也有的会无缘无故地消逝在茫茫荒草丛中
更让人迷惑的,是有一些小路
原本以为非常熟悉,但待到熬过漫漫冬雪
第二年开春来临,却发现变更了路线
比如原来挨着河流,路边野花烂漫
现在却突然拐弯通向了幽暗的隐秘深谷

这样的迷惑还有很多,就像头顶的星星
闪烁了千万年,至今还迷惑着很多的人

春　风

春风一样的性情女子
喜欢使点儿小性子
一扬手，就打翻了胭脂盒
再一挥手，将香水瓶泼溅在草地上
于是，遍地就姹紫嫣红、活色生香

如果，再来那么一两声娇啼莺语
该就是所谓春色无边的风情了吧？

忆岛西之海

有些是大海湾，有些是小海沟
比起东部的海，它们要寂寞许多
大多躲在密密麻麻的木麻黄的背后
要穿过大片的野菠萝群才能发现它们

在被人遗忘的季节里，浪花竞相绽放
一朵又一朵独自盛开，独自灿烂
独自汹涌，独自高潮，再独自消散
若有心人不畏险阻光顾，惊艳之余
还会听到它们为你精心演奏的大海的交响曲
和月光的小夜曲……
如果你愿意一直听到天亮
还会获得免费赠送的第一道绚丽晨光

玉蟾宫前

一道水槽横在半空
清水自然分流到每一亩水田
牛在山坡吃草，鸡在田间啄食
蝴蝶在杜鹃花前流连翩跹
桃花刚刚开过，花瓣已落
枝头结出一个又一个小果

山下零散的几间房子
大门都敞开着，干干净净
春风穿越着每一家每一户

家家门口贴着"福"字

在这里我没有看到人
却看到了道德，蕴含在万物之中
让它们自给自足，自成秩序

神降临的小站

三五间小木屋
泼溅出一两点灯火
我小如一只蚂蚁
今夜滞留在呼伦贝尔大草原中央的
一个无名小站
独自承受凛冽孤独但内心安宁

背后，站着猛虎般严酷的初冬寒夜
再背后，横着一条清晰而空旷的马路
再背后，是缓缓流淌的额尔古纳河
在黑暗中它亮如一道白光
再背后，是一望无际的简洁的白桦林
和枯寂明净的苍茫荒野

再背后，是低空静静闪烁的星星
和蓝绒绒的温柔的夜幕

再背后，是神居住的广大的北方

敬亭山记

我们所有的努力都抵不上
一阵春风，它催发花香
催促鸟啼，它使万物开怀
让爱情发光

我们所有的努力都抵不上
一只飞鸟，晴空一飞冲天
黄昏必返树巢
我们这些回不去的浪子，魂归何处

我们所有的努力都抵不上
敬亭山上的一个亭子
它是中心，万千风景汇聚到一点
人们云一样从四面八方赶来朝拜

我们所有的努力都抵不上
李白斗酒写下的诗篇
它使我们在此相聚畅饮长啸
忘却了古今之异
消泯于山水之间

江　南

春风的和善，每天都教育着我们
雨的温润，时常熏陶着我们
在江南，很容易就成为一个一个的书生

还有流水的耐心绵长，让我们学会执着

最终，亭台楼阁的端庄整齐
以及昆曲里散发的微小细腻的人性的光辉
教给了我们什么是美的规范

云之现代性

诗人们焦虑于所谓现代性问题
从山上到山下,他们不停地讨论
我则一点儿也不关心这个问题

太平洋有现代性吗?
南极呢?抑或还有九曲溪
它们有现代性吗?

珠穆朗玛峰有现代性?
黄山呢?还有武夷山
它们有现代性吗?

也许,云最具现代性
从李白的"众鸟高飞尽,孤云独去闲"
到柳宗元的"岩云无心自相逐"
再到郑愁予的"云游了三千岁月
终将云履脱在最西的峰上……"

从中国古人的"只可自怡悦,不堪持赠君"
到波德莱尔的巴黎呓语"我爱云……
过往的云……那边……那边……奇妙的云!"

还有北美天空霸道凌厉的云
以及西亚高原上高冷飘忽的云
东南亚温润的云,热烈拥抱着每一个全球客

云卷云舒,云开云合
云,始终保持着现代性,高居现代性的前列

凉州月

一轮古老的月亮
放射着今天的光芒

西域的风
一直吹到了二十一世纪

今夜,站在城墙上看月的那个人
不是王维,不是岑参

也不是高适
——是我

西山如隐

寒冬如期而至,风霜沾染衣裳
清冷的疏影勾勒山之肃静轮廓
万物无所事事,也无所期盼

我亦如此,每日里宅在家中
饮茶读诗,也没别的消遣
看三两小雀在窗外枯枝上跳跃
但我啊,从来就安于现状
也从不担心被世间忽略存在感

偶尔,我也暗藏一丁点小秘密
比如,若可选择,我愿意成为西山
这个北京冬天里最清静无为的隐修士
端坐一方,静候每一位前来探访的友人
让他们感到冒着风寒专程赶来是值得的

春天，我有一种放飞自己的愿望

两只燕子拉开了初春的雨幕
老牛，仍拖着背后的寒气在犁田

柳树吐出怯生生的嫩芽试探着春寒
绿头鸭，小心翼翼地感受着水的温暖

春风正一点一点稀释着最后的寒冷
轻的光阴，还在掂量重的心事

我却早已经按捺不住了
春天，我有一种放飞自己的愿望……

仲 夏

仲夏，平静的林子里暗藏着不平静
树下呈现了一幕蜘蛛的日常生活情节

先是一长串蛛丝从树上自然垂落
悬挂在绿叶和青草丛中
蜘蛛吊在上面，享受着这在风中悠闲摇晃的自在
聆听从左边跳到右边的鸟啼

临近正午，蜘蛛可能饿了，开始结网
很快地，一张蛛网织在了树枝之间
蜘蛛趴伏一角，静候猎物出现
惊心动魄的捕杀往往在瞬间完成
漫不经心误撞入网的小飞虫
一秒钟前还是自由潇洒的飞行员呢
就这样不明不白地成了蜘蛛的美味午餐

前者不费心机
后者费尽心机
但皆成自然

春天里的闲意思

云给山顶戴了一顶白帽子
小径与藤蔓相互缠绕,牵挂些花花草草
溪水自山崖溅落,又急吼吼地奔淌入海
春风啊,尽做一些无赖的事情
吹得野花香四处飘溢,又让牛羊
和自驾的男男女女们在山间迷失……

这都只是一些闲意思
青山兀自不动,只管打坐入定

海之传说

伊端坐于中央,星星垂于四野
草虾花蟹和鳗鲡献舞于宫殿

鲸鱼是先行小分队,海鸥踏浪而来
大幕拉开,满天都是星光璀璨

我正坐在海角的礁石上小憩
风帘荡漾,风铃碰响
月光下的海面如琉璃般光滑
我内心的波浪还没有涌动……

然后,她浪花一样粲然而笑
海浪哗然,争相传递
抵达我耳边时已只有一小声呢喃

但就那么一小声,让我从此失魂落魄
成了海天之间的那个为情而流浪者

我是有大海的人

从高山上下来的人
会觉得平地太平淡没有起伏

从草原上走来的人
会觉得城市太拥挤太过狭窄

从森林里出来的人
会觉得每条街道都缺乏内涵和深度

从大海上过来的人
会觉得每个地方都过于压抑和单调

我是有大海的人
我所经历过的一切你们永远不知道

我是有大海的人
我对很多事情的看法和你们不一样

海鸥踏浪,海鸥有自己的生活方式
沿着晨曦的路线,追逐蔚蓝的方向

巨鲸巡游,胸怀和视野若垂天之云
以云淡风轻的定力,赢得风平浪静

我是有大海的人
我的激情,是一阵自由的海上雄风
浩浩荡荡掠过这一个世界……

西湖,你好

风送荷香,构成一个安逸的院落
紫薇,玉兰,香樟,银杏,梧桐
还有莺语藏在柳浪声中
正适合,散步一样的韵味和韵脚

正当沉浸于苏堤暮晚的寂静之时
我和对面飞来的野禽相见一惊
相互打了一个照面,它就闪了
松鼠闻声亦迅速窜进了松林萱草里

还有十几只禽鸟出没于不远的草地
它们已将西湖当成了家园
分成好几个团伙各自觅食活动
我一过去,它们就四散而逃
只剩下一只长尾山雀大摇大摆地漫步
池塘边的鹭鸶和我皆好不惘然

所以,近来我有着一个迫切的愿望
希望尽快认识这里所有的花草鸟兽
可以一一喊出它们的名字
然后,每次见到就对它们说:你好

西部的旧公路

从高速疾驰而来的东部人
难以适应这里的荒芜和慢节奏

夕阳西下,人烟稀疏
公路前头慢吞吞行走的牛群
它们从不理睬你的喇叭和喊叫
任你费尽力气吆喝驱赶也不让路

这些牲畜们就是要用这种态度告诉你:
它们才是这里真正的主人!

三角梅小院

三角梅占据这个院子的中心
清风则是这里的特色

在这海边的小院里
绿叶和青藤从海滩一直爬到墙角
码头从小院直接伸到海中央
海风清爽啊,小弟砍椰待客忙
我躺在一张吊床上晃晃悠悠

在辛苦忙碌了一天之后
这是上天给我的最好的恩赐

创作谈

诗歌情境的现代方式

中国传统诗歌的一个重要概念是"情境",很多人阅读中国古典诗歌,对其场景感特别印象深刻,很容易就进入诗歌的情境之中,而其后面,其实有着深刻的写作观念和美学价值。我的一些诗歌,被认为在这方面继承较多,且有一定的现代表达。我就尝试从自己的一首诗说起,这首诗也正好涉及了今天的主题:历史、现实、语言与虚构,而最终,其产生的力量超乎自己的预料之外。这首诗的题目是《抒怀》:

抒　怀

树下,我们谈起各自的理想
你说你要为山立传,为水写史

我呢,只想拍一套云的写真集
画一幅窗口的风景画
(间以一两声鸟鸣)
以及一帧家中小女的素描

当然，她一定要站在院子里的木瓜树下

　　这首诗，比较写实地描述了一幅日常生活图景，而且，我对这样的日常生活有着一种满足感。与一个朋友的执着的追求对比，我是一个非常容易满足且非常适应一种自然的生活方式的人。这首诗的场景感特别真切清晰，是我以前在海南岛居住的地方的真实场景。而诗中所写到的家中小女形象成为焦点，成为整个诗的一个中心，她可爱的形象，使整首诗活了起来。

　　因为这首诗算我比较有代表性的一首诗歌，不少人读过，有意思的是，这首诗产生了一个特别意外的效果。以至经常见到一些朋友，他们第一句话就会问："你女儿还好吧？"然后我回答："我没有女儿啊。"一些朋友先是愣了，然后小心翼翼地问："怎么我记得你有个女儿，好像我还见过。"其实，这一切，都是这首诗产生的效果。

　　这首诗的标题是《抒怀》，是中国古人常用的谈论自己理想的一个标题，诗中我们谈论的是各自的理想。我的理想是希望自己有一个可爱的小女儿，因为我的这首诗歌采用的是白描的写实手法，并制造出了一个情境，不知不觉之中，我的理想在诗中变成了事实，虚构因此变成了现实，并且比现实更像是真的。因为我的愿望如此强烈，我把虚构的女儿置于一个美好的情境之中，这个情境比真实的生活更人性化，因而更逼真。就这样，我有了一个人人皆知的女儿，其实，那只是一个诗歌的女儿。这，或许就是所谓艺术的力量，诗歌的力量。

　　这首诗歌之所以能把虚构的不知不觉间变成真实的图景，是因为用情感创造了一个愿望中的美好世界和场景，这符合人们对美的盼望与渴求，也就符合人性的深层的精神需要，恰如哲学家所言：人们其实更愿意看到他们内心想看到的东西。因为这首诗符合了人们内心对美的愿望，所以让人喜爱、印象深刻，并最终超越现实。可以设想一下，如果这幅图景中没有一个小女儿，该是多么令人遗憾的欠缺，所以，不管生活中有没有，这首诗歌中必须有这个小女儿。这是比现实更真切的人性的对于美的需求。

中国古代有一个说法"巧夺天工"，诗人可以与造化夺功，弥补现实所没有的一切，而之所以能如此，是因为情感、想象力是可以超越现实限制的。汤显祖、冯梦龙等认为世界是有情世界，情可以统摄天地。正是在这样的一种理念引领下，中国古典诗歌推崇"情境"论，强调"以情造境"，将历史、当下与未来，将现实世界、虚拟世界与想象世界均统一于"场景"之中，用诗歌的形式创造出一个"情境"。

何谓"情境"？按《新华字典》解释：情境是指情景，境地。但我觉得，情与境应该做分别的理解，这一点，王国维先生早就说过："文学中有二元质焉：曰景，曰情。"景和境意思接近，但"境"除了场景、现场的含义，还有境界的意味。

因此，情境主要包含两个部分：情和境。情即情感。境，可分为客观之境和主观之境。客观之境是具体场景，主观之境，则类似境界。

从诗学的角度来认识，情境，其本质就是以情统摄一切，注入境中，自成一个世界；或者说，用境来保存情，使之永存，使之永远。

情境诗歌，如果简单概括，从创作者角度，对内，诗歌是一次个人情感沉淀存储，对外，诗歌是一次迅速即时的情境曝光。情境诗歌的核心，是所谓倾情、专注、聚焦、定格，注重所谓场景感、现场感和镜头感；对于读者，诗歌是一次类似经验的情境再现；相比历史，诗歌是一小块情境断片；若深入研究，每一首诗歌，都是一个个人情境事件。

情与境之分别。先说"情"。情，指因外界事物所引起的喜、怒、爱、憎、哀、惧等心理状态。概言之，情是人这个主体的一种特殊观照，所谓七情六欲，是因外物激发的心理及生理反应。李泽厚认为：动物也有情有欲，但人有理性，可以将情分解、控制、组织和推动，也可以将之保存、转化、升华和超越。若以某种形式将之记录、表现、储存或归纳，就上升为了文学和艺术。因此，李泽厚对艺术如此定义："艺术就是赋情感以形式。"艺术就是用某种形式将情感物化，使之可以传递、保存、流传。这，就是艺术的本源。

在我看来，艺术，其实就是"情感的形式"，或者说"有形式的情感"，而诗，是最佳也最精粹的一种情感方式。

捷克汉学家普实克很早就认为：中国抒情诗擅长"从自然万象中提炼若干元素，让它们包孕于深情之中，由此以创制足以传达至高之境或者卓尔之见，以融入自然窈冥的一幅图像"。

情欲保存，则需截取，固定为境。情凝聚、投注于境，沉淀下来，再表达出来，成为艺术。所以，艺术来自情深，深情才能产生艺术。这点类似爱情。心专注，才有情，才会产生情。爱情的本质，就是专一，否则何以证明是爱情。艺术之本质也是如此，艺术就是深入聚焦凝注于某种情感经验之中，加以品味沉思，并截取固定为某种形式,有如定格与切片,单独构成一个孤立自足的世界,比如一首诗或一幅画。而阅读到这一首诗这一幅画的他者,又因其中积淀的元素唤起自身的记忆和内心体验,引起共鸣,感受到一种满足感(康德称之为"无关心的满足感"),并带来一种超越性,这就是美。

这种感受,就像瑞典诗人特朗斯特罗姆所说的"诗歌是禅坐,不是为了催眠,而是为了唤醒",以己心唤醒他心。

古人云:触景生情。情只有在景中也就是具体境中才能激发并保存下来,而境是呈现情的具体场所和方式。

那么,何谓"境"?境,最初指空间的界域,不带感情色彩。后转而兼指人的心理状况,含义大为丰富。这一转变一般认为来自佛教影响。唐僧园晖所撰《俱舍论颂稀疏》:心之所游履攀缘者,故称为境。六朝及唐宋后,境不再是纯粹客观的展现,而带有主观感受性在内。《世说新语》:顾长康(顾恺之)啖甘蔗,先食尾,问所以,云:"渐至佳境。"这里的"境",指的是主体感受的合意度。唐时,境的内涵意思基本稳定,既指外,又指内,既指客观景象,又指渗透于客观景象中的精神,涵有人的心理投射观照因素。

境,为心物相击的产物,凝神观照所得。其实质就是人与物一体化。主客融合,物我合一,造就一个情感的小世界,精神的小宇宙。在情的关照整合统摄下,形成对世界和宇宙的认识理解。

所以,诗呈现的不是客观的景或者说境,诗呈现的其实是已蕴含个人情感和认识的境,一个主观过滤刷选过的镜像,经过个人认识选择过的镜像。

因此,所谓经验、事实、现象、事件,只要是被诗歌存储下来,都是因为诗人倾注了情感,当然,这情感有热爱,也有憎恨,还有冷漠、厌烦乃至鄙弃。没有过情感交集的经历,包括人与物,是不会被记住的。而这些情感交集也会随不同时代而变化,分化为情意、情调、情绪、情况、情形等。所谓现代性,其实就是更关注后面的内容。

情境,有情才有境。情景交融,情和景总是联系在一起的。情境,就是情感的镜像或者说框架,个人化的,瞬间偶然的,情感在此停留,沉淀,进而上升为美。情境是一个情感的小天地。细节、偶然、场景因情感,才有意义,并建立意义。

情因有境得以保存长久,境因有情而被记忆,具有了生命,有了回味。

以情造境是古代最常见的手法,所谓"寓情于景",学者朱良志说王维的诗歌短短几句,看似内容单调,但他实则是以情造出了一个"境",比如"人闲桂花落,夜静春山空。月出惊山鸟,时鸣春涧中",还有"飒飒秋雨中,浅浅石溜泻。跳波自相溅,白鹭惊复下"……都独自构成了一个个清静自足但内里蕴含生意的世界,是一个个完整又鲜活的"境"。在此境中,心与天地合一,生命与宇宙融为一体,故能心安。

触景生情,借景抒情,更是非常普遍的诗歌技巧。境,可以理解为古代常说的"景",也可理解为现代诗学中的"现场感",具体场景,镜像。陶渊明"采菊东篱下,悠然见南山",沉湎于安闲适意之境中,心中惬意溢于外表,而其"平畴交远风,良苗亦怀新",目睹万物之欣欣向荣,内心亦欣喜复欣然;杜甫的《春望》中"国破山河在，城春草木深，感时花溅泪，恨别鸟惊心"，情耶景耶，难以细分，情景皆哀，浓郁而深沉蕴蓄。

王夫之说："情境虽有在心在物之分，然情生景，景生情，哀乐之触，荣悴之迎，互藏其宅。"又曰："情景名为二，而是不可离，神于诗者，妙合无垠，巧者则情中景，景中情。"故王国维曰，"一切景语皆情语""一切景语皆情语"。

再回到我这种诗里，我对日常生活充满生活，但也有一些不满足，这就是希望有一个小女儿，因此在我写这首诗时，无意识地把幻想的女儿写到了一个现实的场景里，使这首诗呈现出一个整体。而不知真相的读者就误认为我现实中有一个真实的女儿，而这个女儿如此可爱，是这首诗的一个"诗眼"、焦点和中心，因而镌刻在读者的脑海里，就这样，我拥有了一个实际不存在的女儿，而且她在诗歌里是如此真实。这就是诗歌的伟大力量：无中生有。

感谢诗歌，让我有了一个诗歌的女儿，永恒的女儿，我相信，若干年后，人们还会认为我有一个女儿。

所以说，诗歌如此美好，弥补了我生活中所没有的。这就是诗歌的伟大力量。

陈先发诗选

群峰之上——自然写作十家诗选

诗人档案　**陈先发**，1967年10月生于安徽桐城，1989年毕业于复旦大学。现任安徽省文联主席。主要著作有诗集《写碑之心》《九章》《裂隙与巨眼》《陈先发诗选》，长篇小说《拉魂腔》，随笔集《黑池坝笔记》等二十余部。曾获鲁迅文学奖、华语文学传媒大奖、十月诗歌奖、中国桂冠诗歌奖、诗刊年度奖暨陈子昂诗歌奖等数十种。2015年与北岛等十位诗人一起获得中华书局等单位联合评选的"百年新诗贡献奖"。作品被译成英、法、俄、西班牙、希腊等多种文字传播。

丹青见

梓木,白松,榆树和水杉,高于接骨木,紫荆
铁皮桂和香樟。湖水被秋天挽着向上,针叶林高于
阔叶林,野杜仲高于乱蓬蓬的剑麻。如果
湖水暗涨,柞木将高于紫檀。鸟鸣,一声接一声地
溶化着。蛇的舌头如受电击,她从锁眼中窥见的桦树
高于从旋转着的玻璃中,窥见的桦树。
死人眼中的桦树,高于生者眼中的桦树。
制成棺木的桦树,高于制成提琴的桦树。

伤别赋

我多么渴望不规则的轮回
早点儿到来,我那些栖居在鹳鸟体内
蟾蜍体内、鱼的体内、松柏体内的兄弟姐妹
重聚在一起

大家不言不语,都很疲倦
清瘦颊骨上,披挂着不息的雨水

卷柏颂

当一群古柏蜷曲,摹写我们的终老
懂得它的人驻扎在它昨天的垂直里,呼吸仍急促

短裙黑履的蝴蝶在叶上打盹儿
仿佛我们曾年轻的歌喉正由云入泥

仅仅一小会儿。在这阴翳旁结中我们站立
在这清流灌耳中我们站立——

而一边的寺顶倒映在我们脚底水洼里
我们蹚过它:这永难填平的匮乏本身

仅仅占据它一小会儿。从它的蜷曲中擦干
我们嘈杂生活里不可思议的泪水

没人知道真正的不幸来自哪里。仍恍在昨日

当我们指着不远处说：瞧！

那在坝上一字排开，油锅鼎腾的小吃摊多美妙
嘴里塞着橙子，两脚泥巴的孩子们，多么美妙

——选自《颂九章》

菠菜帖

母亲从乡下捎来菠菜一捆
根上带着泥土
这泥土，被我视作礼物的一部分
也是将要剔除的一部分：
——在乡村，泥土有
更多的用途
可用来堵住滚烫的喉咙

甚至可以用来猜谜
南方丘陵常见的红壤，雨水
从中间剥离出沙砾
母亲仍喜欢在那上面劳作

它又将长出什么?
我猜得中的终将消失
我猜不到的,将统治这个乱糟糟的世界

是谁说过"事物之外、别无思想"?
一首诗的荒谬正在于
它变幻不定的容器
藏不住这一捆不能言说的菠菜
它的青色几乎是
一种抵制——
母亲知道我对世界有着太久的怒气

我转身打电话对母亲说:
"太好吃了。"
"有一种刚出狱的涩味。"
我能看见她在晚餐中的
独饮
菠菜在小酒杯中又将成熟
而这个傍晚将依赖更深的泥土燃尽
我对匮乏的渴求胜于被填饱的渴求

群树婆娑

最美的旋律是雨点击打那些
正在枯萎的事物
一切浓淡恰到好处
时间流速得以观测

秋天风大
幻听让我筋疲力尽

而树影仍在湖面涂抹
胜过所有丹青妙手
还有暮云低垂
淤泥和寺顶融为一体

万事万物体内戒律如此沁凉
不容我们滚烫的泪水涌出

世间伟大的艺术早已完成
写作的耻辱为何仍循环不息

——选自《杂咏九章》

泡沫简史

炽烈人世炙我如炭
也赠我小片阴翳清凉如斯
我未曾像薇依和僧璨那样以苦行
来医治人生的断裂
我没有蒸沙做饭的胃口
也尚未产生割肉饲虎的胆气
我生于万木清新的河岸
是一排排泡沫
来敲我的门
我知道前仆后继的死
必须让位于这争分夺秒的破裂
暮晚的河面,流漩相接
我看着无边的泡沫破裂
在它们破裂并恢复为流水之前

有一种神秘力量尚未命名
仿佛思想的怪物
正无依无靠地隐身其中
我知道把一个个语言与意志的
破裂连接起来舞动
乃是我终生的工作
必须惜己如蝼蚁
我的大厦正建筑在空空如也的泡沫上

——选自《拉魂腔九章》

枯树赋

上山时看见一株巨大枯树
横卧路侧
被雷击过又似被完整地剥了皮
乌黑暗哑地泛着光
我猜偷伐者定然寝食不安
但二十人合围也不能尽揽入怀的
树干令他们畏而止步

在满目青翠中这种
不顾一切地死，确实太醒目了

像一个人大睁着眼睛坐在
无边无际的盲者中间
他该说些什么

倘以此独死为独活呢
万木皆因忍受而葱茏
我们也可以一身苍翠地死去

我们也可用时代的满目疮痍加上
这棵枯树再构出谢朓的心跳
而忘了有一种拒绝从
他空空的名字秘密地遗传至今

——选自《敬亭假托兼怀谢朓九章》

一枝黄花

鸟鸣四起如乱石泉涌。
有的鸟鸣像丢失了什么。
听觉的、嗅觉的、触觉的、
味觉的鸟鸣在
我不同器官上
触碰着未知物。
花香透窗而入,以颗粒连接着颗粒的形式。

我看不见那些鸟,
但我触碰到那丢失。
射入窗帘的光线在
鸟鸣和
花香上搭建出钻石般多棱的通灵结构——
我闭着眼,觉得此生仍有望从
安静中抵达
绝对的安静,
并在那里完成世上最伟大的征服:
以词语,去说出

窗台上这
一枝黄花

——选自《居巢九章》

孤岛的蔚蓝

卡尔维诺说,重负之下人们
会奋不顾身扑向某种轻

成为碎片。在把自己撕成更小
碎片的快慰中认识自我

我们的力量只够在一块
碎片上固定自己

折枝。写作。频繁做梦——
围绕不幸构成短暂的暖流

感觉自己在孤岛上。
岛的四周是

很深的拒绝或很深的厌倦
才能形成的那种蔚蓝

——选自《横琴岛九章》

芦　花

我有一个朋友
他也有沉重肉身
却终生四海游荡，背弃众人
趴在泥泞中
只拍摄芦花
这么轻的东西

——选自《叶落满坡九章》

崖边口占

闲看惊雀何如?
凌厉古调难弹。
斧斫老松何如?
断口正欲为我加冕。

悬崖何时来到我的体内又
何时离去?
山水有尚未被猎取的憨直。
余晖久积而为琥珀。
从绝壁攀缘而下的女游客,
一身好闻的
青木瓜之味。

——选自《敬亭假托兼怀谢朓九章》

鸟鸣山涧图

那些鸟鸣,那些羽毛
仿佛从枯肠里
缓缓地
向外抚慰着我们

随着鸟鸣的移动,野兰花
满山乱跑
几株峭壁上站得稳的
在斧劈法中得以遗传

庭院依壁而起,老香榧树
八百余年闭门不出
此刻仰面静吮着
从天而降的花粉

而白头鹎闭目敛翅,从岩顶
快速滑向谷底
像是睡着了

快撞上巨石才张翅而避

我们在起伏不定的
语调中
也像是睡着了
又本能地避开快速靠近的陷阱

——选自《茅山格物九章》

自然的伦理

晚饭后坐在阳台上
坐在风的线条中
风的浮力，正是它的思想
鸟鸣，被我们的耳朵
塑造出来
蝴蝶的斑斓来自它的自我折磨
一只短尾雀，在
晾衣绳上踱来踱去
它教会我如何将
每一次的观看，都

变成第一次观看——
我每个瞬间的形象
被晚风固定下来，并
永恒保存在某处
世上没有什么铁律或不能
废去的奥义
世上只有我们无法摆脱的
自然的伦理

——选自《黄钟入室九章》

葵叶的别离

露珠快速滑下葵叶
坠入地面的污秽中
我知道
她们在地层深处
将完成一次分离
明天凌晨将一身剔透再次登上葵叶

在对第二次的向往中
我们老去
但我们不知道第二只脚印能否
精确嵌入昨天的

永不知疲倦的鲁迅
在哪里
恺撒呢

摇篮前晃动的花
下一秒用于葬礼
那些空空的名字
比陨石更具耐心
我听见歌声涌出

天空中蓬松的鸟羽、机舱的残骸
混乱的
相互穿插的风和
我们永难捉摸的去向

——为什么?

葵叶在脚下滚动
我们活在物溢出它自身的

那部分中。词在奔向对应物的途中

——选自《杂咏九章》

夜雨诗

夜间下了场大雨
卧室里更加闷热
忍不住开窗,去触碰雨滴
此刻雨点仿佛来自史前
有种谦卑又难以描述的沁凉
这双手放在雨中
连同它做过的一切,就这么
静静地被理解、被接受、被稀释
池中荷叶一下子长大了
像深碧的环状入口卧在
水面,仿佛我们必须
从那儿远去……

——选自《白头鹎鸟九章》

鸦巢欲坠

在老家那些旧房子里
我总是找到
最暗的那间
坐在窗前看盛夏的
光线怒穿苦楝树冠
带着响声,射进屋内来

而光阴偏转,每间房子
轮流成为那最暗的一间
冬日里,小河冻住了
夜间听到她底层仍在流动
像若有若无的哭声

再去听又找不到了
父亲死后,他的竹箫
像细细墓碑挂在墙上
母亲开始担心房子会塌掉
我最喜欢的仍是十一月底

光线整体寡淡。从每个
房间都能看到堤上
叶子剥光的大树
那一排排，黑色的鸦巢欲坠

——选自《叶落满坡九章》

云泥九章（选五）

1

铁轨切入的荒芜
有未知之物在熟透
两侧黑洞洞的窗口空着
又像是还未空掉，只是
一种空，在那里凝神远眺

在"空"之前冠之以一种
还是一次？这想法折磨着我

在我们的语言中
"一次"中有壁立
而"一种"中有绵长

没人知道窗口为什么空掉
远行者暗自立誓百年不归
火车从裂开的山体中穿过
车顶之上是漂移的桉树林
雨中的桉树青青。忧愁壁立
忧患绵长

　　　　2

葱郁之林中那些枯树呢
人群里一心退却
已近隐形的那些人呢

窗外快速撤走的森林让人出神
雨中的,黑色的
巨型森林单纯专注如孤树
而人群,像一块铁幕堵住我的嘴
我听不到自己的声音
看上去又像我从不
急于回答自己
几个小时的旅途。我反复

沉浸在这两个突发的
令人着魔的问题之中

以枯为美的，那些树呢
弃我而行又永不止息的那些人呢

3

塔身巍峨，塔尖难解
黑鸟飞去像塔基忽然溢出了一部分

黑鸟在减速的
钢化玻璃中也在
湖面之灰上艰难地移动自己
湖水由这个小黑点率领着向天际铺展
直到我们再也看不见它
冷战之门，在那里关上
黑鸟取走的，在门背后会丧失吗

当高铁和古塔相遇在
刹那的视觉建筑中
数十代登塔人何在
醉生梦死的樱花树何在
映入寺门的积雪何在
我只剩这黑鸟在手，寥寥几笔建成此塔又在

条缕状喷射的夕光中奇异地让它坍塌了大半

4

高铁因故障暂停于郊处。一种
现实的气味，一个突如其来的断面

石榴树枝在幻觉中轻柔摆动
风的线条赤裸着，环绕我们

小黑狗恹恹欲睡
旧诊所前空无一人
暮光为几处垃圾堆镀上了金边

没有医生，没有病人，没有矛盾
渗着血迹的白衬衫在绳子上已经干透

我拥有石榴趋向浑圆时的寂静
我的血迹，在别人的白衬衫上，已经干透

5

旷野有赤子吗
赤子从不来我们中间

瞧瞧晨光中绿蜻蜓

灰椋鸟
溪头忘饮的老牯牛
嵌入石灰岩化石的尾羽龙

瞧瞧一路上，乱石满途而乱石自在
紫云英葳蕤而紫云英全不自知
轻曳的苦楝，仿佛有千手千眼

它们眼底的洁净、懵懂
出入废物箱的啮齿类动物
它们眼底的灰暗、怯懦
全都是我们的，不是它们自己的

语言拥有羞辱，所以我们收获不多
文学本能地构造出赤子的颓败
我们不能像小草、轻风和
朝露一样抵达土中漫长的冥想

车厢外，这些超越了形式的身体
炙热、衰老、湮灭
这一双双眼睛周而复始

这些云中
和泥中的眼睛

双 樱

在那棵野樱树占据的位置上
瞬间的樱花,恒久的丢失
你看见的是哪一个?

先是不知名的某物从我的
躯壳中向外张望
接着才是我自己在张望。细雨落下

几乎不能确认风的存在
当一株怒开,另一株的凋零寸步不让

创作谈

黑池坝笔记（节选）

1

诗是从观看到达凝视。好诗中往往都包含一种长久的凝视。观看中并没有与这个世界本质意义的相遇。只有凝视在将自己交出，又从对象物的掘取中完成了这种相遇。凝视，须将分散甚至是涣散状态的身心功能聚拢于一点，与其说是一种方法，不如说是一种能力。凝视是艰难的，也是神秘的。观看是散文的，凝视才是诗的。那些声称读不懂当代诗的人或许应该明白：至少有过一次凝视体验的人，才有可能是诗的读者。

2

艺术的精妙在开合之道。开，则灵视八极，神游万仞；合，能于瞬间凝神敛翅，轻松地厘清眼前一物：正如"诗中最艰难的东西 // 就在你把一杯水轻轻 // 放在我面前这个动作里"（陈先发，《白头鹎鸟九章·绷带诗》）。鲍照在《舞鹤赋》中说："轻迹凌乱，浮影交横。"意驰则形远，意住而神清。所以禅定中能见"乌鸦似雪，孤雁成群"。在形与意之间，需要一种极致的专注力始终在场。开而不合，恒河流沙。合而不开，顽石一块。开合之妙，正是诗中之凝视。

3

从自我审视中产生的深度不安,是诗性的基石。

其中最紧迫的力量,是要懂得"生命本身的盲目不可撼动"。写作,企图颠覆的正是这种盲目,但最后的收成必是两手空空。只有对终无一获的侧目与吟咏,才是诗歌真正的通幽之路。

4

我在多年的散步中保持着一个习惯:走一段路,就站一会儿,抬眼瞩望路边树梢的最细枝。据说这样能凝聚起因年岁渐长而日渐溃散的视力。

诗之看见,当然要远远通透于眼之所见。诗,须在最细微处形成最刺穿的观看和最充足的弹性。只有在最细最摇曳的枝头,诗才能稳住她的脚尖。

5

像一根柏枝被风吹离原本的位置。

诗必须认识到,并不存在一个原本的位置,它于同一瞬间在不同的位置上曳动不息。

一个词被放错位置而猝然爆发的力量,时而触动一首诗的形成。被"放错位置"的幻识,是诗之律动。

6

诗的凝视之道在于,明知"已是第亿万次重返枝头的新花"在目睹"已是无数次凝成人形的我",但相遇时,又有"每一次相见都可以是第一次相见"时的惊讶与欣喜。这在认知上是还原,在写作上是新生。

7

柳枝在疾风中之线条、之狂蹈、之醒悟、之语言,非它在微风中所能写下。寄身于生之不安,自有体悟于郭璞所谓的"旷然深貌也"。

8

诗是以言知默,以言知止,以言而勘探不言之境。从这个维度,诗之玄关在"边界"二字,是语言在挣脱实用性、反向跑动至临界点时,突然向听觉、嗅觉、触觉、视觉、味觉的渗透。见其味、触其声、闻其景深。读一首好诗,正是这五官之觉在语言运动中边界消融、幻而为一的过程。也可以说,诗正是伟大的错觉。

9

诗歌最深刻的智慧或许正是它懂得了,无论什么样的语言行动都必须与人类最原始的巨大天真深深地融合在一起,并始终以此为诗的伦理。

10

所有关于诗歌的理论本质上都是反噬自身的,即,诗活在与这种理论相冲撞的力量上,但不在与这种理论对立的另一理论中;活在这种理论之解体上,但不在它的碎片中。

11

范宽之繁、八大之简,只有区别的完成,并无思想的递进。二者因为将各自的方式推入审美的危险境地,而迸发异彩。化繁为简,并非进化。对诗与艺术而言,世界是赤裸裸的,除了观看的区分、表相的深度之外,再无别的内在。遮蔽从未发生。

12

博纳富瓦在谈论策兰时说:"不蒙上双眼,就看不清楚。"

确实,真相与真正的纤毫之末,是心灵视域内的东西。谁来蒙住一个诗人的眼睛?他甚至比别人更容易被自身的感官所蛊惑。

13

在存污积垢、蝇虫起舞的幽闭墙角,一枝红花绽放。它的美是少数人的珍藏。环境因素在胡塞尔说的某种"悬置"中。与周边的冲突印象强化了这种美的激烈程度。其实激烈乃是人的幻觉,它们与假象在深深的依存中。

14

世界的丰富性在于,它既是我的世界,也是猫眼中的世界。既是柳枝能以其拂动而触摸的世界,也是鱼儿在永不为我们所知之处以游动而穿越的世界。既是一个词能独立感知的世界,也是我们以挖掘这个词来试图阐释的世界。既是一座在镜中反光的世界,也是一个回声中恍惚的世界。既是一个作为破洞的世界,也是一个作为补丁的世界。这些种类的世界,既不能相互沟通,也不能彼此等量,所以,它才是源泉。

15

诗中虚拟的生活有着无与伦比的真实。父亲死去后,他不可能在他曾穿过的衣物中,不可能在墙上的遗像中,不可能在坟墓的土中,那些都无法替他保持体温的存在。

只有在我的诗中,他依然在呼吸,在走动。在组成他"新身体"的语言中,每时每刻都有力量在流动。这力量让他不仅仍是我的父亲,也会成为无穷的"他者"的父亲。

16

一切糟糕的艺术有此共同秉性:即把自身建筑于对他人审美经验的妥协上。恐惧于不被他人理解,就先行瓦解了自我的独立性。这绝非是对阅读的尊重,而恰是对沟通的戕害。难道一株垂柳揣摩过我们是否读懂它么?它向我们的经验妥协过么?然而我们将至深的理解与不竭的阅读献给了它。人之所创,莫不如是。不孤则不立。

17

一个人能触碰的最佳状态,是身心同步的出神状态。对寻常景物,觉自身不动而远去。当他出神,犹怒马失控;回过神来,却见长缰依然在手。虚实恍惚交汇于一线的边缘状态。出神,才不致被情绪或理性所绑架。出神,词语才能从既定轨道上溢出,实现一种神秘的开放性。

只有失神的片刻，才可见诗的土壤。

18

柯布西耶在阐释他的建筑作品时说："我的作品包含了七个部分：环境、心灵、肉身、融合、属性、馈赠、工具。"在谈论他的建筑五原则"底层架空、屋顶花园、自由平面、带形长窗、即兴立面"时，他写道："我们眼中的世界创建在，地平线镶边的托盘上。"

这纯然是用砖瓦在写一首诗。他凝固于建筑中的诗之冲动，哺育了他的构型灵感。他明白必须先接纳诗的干预，才能使他在技术和机器、工业与装饰、居住与观瞻之间拥有一种通透而灵异的生命力。

在我所见的范围内，与社会平均审美能力有着最大公约数的艺术，是建筑。有着最小公约数的艺术，是当代诗歌。

19

我接受过无数新观念新思想的猛烈洗刷，都不如独自坐地怒江大峡谷中，目睹巨大的、脏旧的那一轮落日，缓缓碾压向头顶时的震撼。它强烈地从作用于直觉，到密布于躯体中每一个角落。我第一次知道体内，有这么多从未被巡视的深暗角落。

无声立于一侧的当地人，脸上的红晕仿似柴火烧过。那一刻，我既是一个脐带刚被割断的新生儿，又是一具历史的干枯遗体。

20

枯坐一隅。让室内的每一件物体说话。

让紧裹着这些物体的大片空白说话。

从墙缝过来的风，在赤裸滚动：它比我拥有更少，它应当说话。诗并非解密和解缚。诗是设密与解密、束缚与松绑同时在一个容器内诞生。

让这个缄默的容器说话。

21

我们一眨眼就会触碰到各种结构中的空白，各种事件中的空白。这才是最耐人寻味之处：空白必须迎来最深的阅读。

那些空从未空掉。

那些空各有面目。

22

诗之生命在于语言活力的再造，没有语言的创造就无所谓诗之正义。

杜甫之为杜甫，并不在于他对离乱和弱小的注视和恤悯。这种注视和恤悯，在他之前历代诗人中从未断绝，但借由杜甫的巨大语言学创造而成为一种天才范式。动乱时代从杜甫的语言学行动找到了一个挖掘自身的巨大入口，从而使汉诗自诗经时期就从生命底部喷薄而出的巨大爆发力达成了一种壮观而卓然的接续。

23

生存对我们产生了诸多企图规训我们的力量，写作需要我们向其中最弱的力量呼救，对平衡的力量保持冷眼，对凌御而强悍的力量予以不屈的挑衅。

美，即是这种呼救、冷眼和持续的挑衅。

24

使一首诗的质量增重的，是他者的介入。哪怕是最蒙昧的、最抵触的阅读，他们的蒙昧和抵触，也会成为这首诗的一部分，或者说是一个全新的入口。

任何一首诗都是一个敞开的容器，它诱使读者进入并不自觉地在其中创造出另一首诗。

所以，一首诗并不存在本来面目，也不存在完成状态。

25

多年前我写了这句：写作最基础的东西，其实是摈弃自我怜悯。

现在看到了自我怜悯中真实的力量。或许这两样永恒的相互搏击，才是真正环绕着我的东西吧。

26

写作的要义之一，是训练出一套自我抑制机制，一种"知止"和"能止"的能力。事实上是在"知一己之有限"基础上的边界营造。以抑制之坝，护送个人气息在自然状态下"行远"，于此才有更深远空间。

抑制，是维持着专注力的不涣散，是维持着即便微末如芥壳的空间内，你平静注视的目光不涣散，唯此才有写作。

27

当代新诗最珍贵的成就,是写作者开始猛烈地向人自身的困境索取资源——此困境如此深沉、神秘而布满内在冲突,是它造就了当代诗的丰富性和强劲的内生力,从而颠覆了古汉诗经典主要从大自然和人的感官秩序中捕获某种适应性来填补内心缺口,以达成自足的范式。是人对困境的追索与自觉,带来了本质的新生。

28

一首诗抵抗平庸的手段正是它敞开浑身的感受系统让其内部充满错觉的复杂回响。

错觉和对错觉的疑虑、抵抗,让它成为不竭的活水。

29

存在更复杂的阅读,这是当代诗歌得以强烈新生的动力之一。

当代艺术突破边界带来的理念颠覆和社会平均审美力的跃升,哺育着它新一轮的饥饿。

30

艺术从自然中得到的最质朴的忠告,是以在错觉中更新感受系统来忠实于自然的变化和纷繁迭变,像一片枯叶迎着风和光线在扑击每一种眼光。

31

错觉的无穷魅力源于它总是和直觉保持着一秒乃至无限长的时间裂隙。

32

听见语言所描述的对象物,譬如鸟兽、河水、树叶在呼吸,呼应着文字中生命力的律动,是一个好境界。

更好的境界是,听到词语本身的呼吸。词与词在碰击、连接、抵抗之时的喘息。甚至是那些装饰性的、虚词的呼吸。

让画布上的大片空白、段落间的空白说话,当然是好境界。但更好的境界是,画布上的空白在喃喃自语,仿佛阐释的也正是这空白本身。

33

诗是野蜂之针扎入花瓣的一瞬。我们知道,蜜在形成。它连接着"永不知谁将饮下这碗蜜"的迷茫未知。诗的美妙在它无尽的"同时是":它是针、花瓣、蜜,或者是窥觑这一切的一个旁观者,诗不是这些角色的其中之一。诗同时是它们。

34

特朗斯特罗姆是杰出匠人,始终保持着对语言神经质般的敏感与忠实,类于李商隐。但他们距气象万千的大师还很远。大师时而并不纯粹,他们笔下不仅有特异的自我之声,也有对自我的质疑之声抵制之声，甚至不屑之声，是众声部在特殊时空某种偶然的混成。相较于大匠的令人愉悦、予人惊奇，大师们往往泥沙俱下，有时甚至让人生厌。

35

诗歌中确实有这样一种力量，或者说诗人有这么一种企图，即以语言的神秘刺激，来赋予人体一种官能性的超越：见所未见、见所不能见，不见犹见……突破了某种屏障。

而此超越性能力的本质是，在这首诗载浮载沉地引导着你、亲手捕捉到一种美之前，不曾有任何"美"存在于这首诗中。

36

对写作者来说，"神秘"二字的真正神秘性在于，它看上去更像是一种勤苦而深久的习得，它应该赞同百丈怀海所谓的"一日不作，一日不食"。长期的自我训练，可能会带来一些神迹。但自我训练的正途，是塑造、创造及其愉悦，不是为了"出神"，不是为了自己的身体成为极少数能开出一朵花的身体之一。

37

写作是向一个词讨要水源。如果一个作者能创出一种行之有效的办法，在每个词中，都会有不竭的水源。

对一首诗而言，源头的词只有一个，写作是从这个词导引出一种恣意与流动。

38

诗歌的传播力类同花粉,以颗粒连接着颗粒的方式。
语法如风速影响着它的强度。
一首诗中可以诞生出另一个或无数个语言的行动者。

39

诗之力量在于单一性之上的爆发力,
或者说是把所有的力汇聚于某种单一性之上。
诗,如果没有对纯度的迷恋,就没有自身的生命。

40

再庞巨的诗篇也需要不断地从最末梢的细节上捕捉某种惊醒。
所谓整体性力量,其实是一种醒不来的东西。

41

坐在湖边的石凳上,水面细小的反光布满我们的脸。每一个细微的动作都导致明暗的变化。风中有落叶,碟中有刚削好的苹果。草中有虫吟。我跟一个修行者在有一搭没一搭地聊天。氛围是天成的,自足的。不需要我们的思想再增添任何一丝一毫的东西。

42

格物通灵当然是一种幻念。至少,我们必须视之为一种幻念。
视觉、感官对人的欺骗性是美妙而令人沉醉的。语言的戏法,也给人带来快乐。如何从中走出来？听上去很玄，其实在生活中，真正可以依赖的，是一杯一碗的琐屑之功，真实无比。面壁与破壁，基本功是有能力把心神凝聚在一些小事、杂事之上。只有日常性中，才有突破而出的希望。只有从自身的弱点中，才能获得养料以饲喂孱弱的自己。人的反思，必须立足于人是一种弱者，如此才有破茧而出的可能吧。

43

我们的躯体，我们的思维空间，其实很大一部分是"别人的容器"。

知识、感受、情绪情感和那些难以言说的部分，很多都是别人的经验催生的，但又似是一只从未注满的铁桶。我们的工作，是对这容器内的一切东西加以审视、校正、剔除，然后盖上自己的烙印。

44

世界是"隐在"的，我们看到、听到的样子，或许是某种力量的压力之下我们"必须看到""必须听到"的样子。我们为之挥汗如雨的所谓写实，或许并无真实可言。那么我们写的意义何在？我们设定的写作意义是：重塑印象。

我们将辛劳而作的文字交出，像递出一块砖瓦，但我们并不知道我们正在参与建筑的通天塔，究竟是什么样的构造。它是什么样子，本质上跟个体生命无关，我们有的是没有边界的想象。我们全部的意义在于：交出。

45

薇依说:"学习的目的是养育专注力,不是为了获得什么。"

专注力不是为了看见每一块碎片,而是以凝神为手段,看见在每块碎片上闪烁的"同一物"。眼力直达表象之内,目睹了一种因内外之分而被忽视的幽微之美。

46

每一个词中都有一道慈母的目光,
即便是那些表达恶的词,
依然有词本身的清静之力。
词语从内部引导着我们的远望。

47

其实可以将人群划分为"语言的同类":一种语言更容易唤醒同一种力量倾向的人。理想主义者、英雄、强人的语言谱系有其共通之处,其鼓动性自会吸引一类人。而文学性的语言谱系具有不同于上述的特性。语言的恶趣味具有蛊惑力,但终究,善的语言行动,终将以更久远地占据人心而获胜。

48

诗先于它的词而觉醒。

坏的诗会赋予他的词一种施虐的力量,而好的诗中,词以它自身的饥渴展示了它作为最原始生命体的深沉呼吸。

49

好诗的基本特性是,它提供的不是内容的恒量而是变量。对单纯的人来说,它是单纯的;对复杂而挑衅的阅读者,它是多义的、多向的、微妙的。

50

好的文学中会包含某种洞见,但洞见并非文学的目标。一种理想的状态是,澄澈的洞见只在阅读环节发生。写作不能预设洞见的形成,像"埋个地雷在那里,等着读者踩上去"。对写作者而言,在呈现生存和心灵层面的真实时,只是碰到能够催生某种洞见的氛围、事件"恰巧也在那里"。写作凝神于体验及其过程,而洞见只是结束状态的东西,是末梢的东西。清醒的写作者甚至可以告诫自己,要抑制洞见的诱惑。

阿信诗选

诗人档案 阿信,1964年生,甘肃临洮人,长期在甘南藏族聚居区工作、生活。著有《阿信的诗》《草地诗篇》《那些年,在桑多河边》《惊喜记》等多部诗集。曾获徐志摩诗歌奖、西部文学奖、昌耀诗歌奖、《诗刊》陈子昂年度诗人奖等。

小 草

有一种独白来自遍布大地的忧伤。
只有伟大的心灵才能聆听其灼热的绝唱。
我是在一次漫游中被这生命的语言紧紧攫住。

先是风,然后是让人突感心悸
四顾茫然的歌吟:
"荣也寂寂,
枯也寂寂。"

独享高原

点燃烛光,静听窗外细致的雨水。
今夜的马,今夜的峭石,今夜消隐的星辰
让我独享一份冷峭的幽寂。
让我独享高原,以及诗歌中

无限寂寥的黑色毡房。

我于这样的静寂中每每反顾自身。
我对自己的怜悯和珍爱使我自己无法忍受。
我把自己弄得又悲又苦又绝望又高傲。
我常常这样：听着高原的雨水，默坐至天明。

速　度

在天水，我遇到一群写作者——
"写作就是手指在键盘上敲打的速度。"
在北京，我遇见更多。

遥远的新疆，与众不同的一个：
"我愿我缓慢、迟疑、笨拙，像一个真正的
生手……在一个加速度的时代里。"①

而我久居甘南，对写作怀着愈来愈深的恐惧——
"我担心会让那些神灵感到不安，
它们就藏在每一个词的后面。"

---

① 摘自沈苇《在我生活的地方》一文。

正午的寺

青草的气息熏人欲醉。玛曲以西
六只藏身年图乎寺壁画上的白兔
眯缝起眼睛。一小块阴影
随着赛仓喇嘛
大脑中早年留下的一点点儿心病
在白塔和经堂之间的空地缓缓移动

当然没有风。铜在出汗经幡扎眼
石头里一头狮子
正梦见佛在打盹儿鹰在睡觉
野花的香气垂向一个弯曲的午后
山坡上一匹白马的安静,与寺院金顶
构成一种让人心虚不已的角度

而拉萨还远,北京和纽约也更其遥远
触手可及的经卷、巨镬、僧舍,以及
娜夜的发辫,似乎更远——当那个
在昏暗中打坐的僧人

无意间回头看了我一眼

我总得回去。但也不是
仓皇间的逃离。当我在山下的溪水旁坐地
水漫过脚背,总觉得身体中一些很沉的
东西,已经永远地卸在了
夏日群山中的年图乎寺

鸿　雁

南迁途中,必经秋草枯黄的草原。
长距离飞翔之后,需要一片破败苇丛,或夜间
尚遗余温的沙滩。一共是六只,或七只,其中一只
带伤,塌着翅膀。灰褐色的翅羽和白色覆羽
沾着西伯利亚的风霜……
月下的尕海湖薄雾笼罩,远离俗世,拒绝窥视
我只是梦见了它们:这些
来自普希金和彼得大帝故乡
尊贵而暗自神伤的客人

岩　羊

岩羊深入北方，在
峭壁悬崖间攀爬、跳跃；
在自己星球的表面，岩石与冰草丛中
躲避着雪豹……

对　视

牦牛无知

在与她长时间的对视中，
在雪线下的扎尕那，一面长满牛蒡和格桑花的草坡上
我原本丰盈、安宁的心，突然变得凌乱、荒凉
局促和不安

牦牛眼眸中那一泓清澈、镇定,倒映出雪山和蓝天的
深潭,为我所不具备

大　雪

看见红衣僧在凹凸不平的地球表面
裹雪独行,我内心的大雪,也落下来。
渴望这场大雪,埋住庙宇,埋住道路,埋住四野
埋住一头狮子,和它桀骜、高冷的心。

黑颈鹤

在湖水中央,黑颈鹤飞起来,拍打着水面。
千山暮雪只在垂顾之中。
天际空茫。被羽翅划过的,又被水光修复。
那掠过浮云,掠过湖边枯草、野花的鸣唳
也掠过我:那短暂的灵的战栗。

梦　境

那雪下得正紧,山脊在视域里
缓慢消失。五只岩石一样的兀鹫在那里蹲伏,
黑褐色的兀鹫
我从梦里惊醒,流星满天飞逝,像经历了
一遍轮回:一件黄铜带扣,拭去浑身锈迹。
那雪下得正紧,转瞬弥合天地——
梵音般的建筑,雕塑一样升起。

雪

静听世界的雪,它来自我们
无法测度的苍穹。天色转暗,一行诗
写到一半;牧羊人和他的羊群
正从山坡走下,穿过棘丛、湿地,暴露在
一片乱石滩上。雪是宇宙的修辞,我们

在其间寻找路径回家,山野蒙受恩宠。
在开阔的河滩上,石头和羊
都在缓缓移动,或者说只有上帝视角
才能看清楚这一切。
牧羊人,一个黑色、突兀的词,
镶嵌在苍茫风雪之中。

土门关谣曲

有一年梨树开花,豌豆刚刚发芽
你骑马经过。空气中你的肖像被河水揉皱、
撕成碎片。
她们在弯腰劳作,不需要知道你的名字。
黑水罐中的清水,可以取用。
她们在死者的坟头旁搁下黑水罐,
下地劳作
你骑马经过。你会爱上
她们中间的一个:
她的黑瞳仁里保留了你逆光中的肖像。

土门关之忆

风驱赶雪,羊群找不到家。
你攀在悬空的梯子上给藻井涂色,三只
首尾相衔的兔子奔逸绝尘,却
陷于循环之中。你用钴蓝
绘画天空。你的家人,沿着陡峭河谷
往屋顶背冰。
谁的嘴唇在吹雪?
你深中铅毒,体内堆积植物和矿石粉末。
谁撤去木梯,往你眼瞳里倾倒蓝色焰火?

扎尕那女神

万考母亲,是一位隐居乡间的
牛粪艺术家。确认这一点
在一个野菊灿烂、空气凛冽的秋晨。

牛粪在场院摊开，万考母亲，把它们
一坨坨摔粘在石砌的外墙上。
阳光刺眼，藏寨明亮。扎尕那
一幅凸浮神秘图案的墙面，正在接受
逡巡山间的雪豹和莅临秋天的诸神检阅。
万考母亲叉着腰，站在她的作品下面。
全世界的骄傲，集中在
挂满汗珠的前额上。我和万考
起早拜谒涅干达哇山神
从山道下来，远远看见大地上的作品
如此朴素、神秘。
即使自然主义艺术世界的
那些大师，也要为此深深震撼！
而我知道，万考母亲
还是一位附近牛粪的收集者。
她知道在哪里弯下腰，可以捡起
这些藏在乱石和草丛中不起眼的东西。

河曲马场

仅仅二十年,那些
林间的马,河边的马,雨水中
脊背发光的马,与幼驹一起
在逆光中静静啃食时间的马
三五成群,长鬃垂向暮晚和
河风的马,远雷一样
从天边滚过的马……一匹
也看不见了。
有人说,马在这个时代是彻底没用了
连牧人都不愿再牧养它们。
而我在想:人不需要的,也许
神还需要!
在天空,在高高的云端
我看见它们在那里。我可以
把它们
一匹匹牵出来。

草地酒店

漫天雨水不能浇灭青稞地上汹涌的绿焰,
也不能制怒——

乖戾厨娘,揎袖露乳,剁切一堆青椒
如某人频频现身微信平台,
臧否人物抨击世风。

只有檐下一众游客表情沮丧如泥。
只有院中几匹马神态安详,静静伫立。

河水涨至车辆却步。但对面仍有人
涉险牵掣马尾泅渡。
何事如此惶迫,不等雨脚消停?

我也有天命之忧,浩茫心事,
但不影响隔着一帘银色珠玑,坐看青山如碧。

裸　原

一股强大的风刮过裸原。
大河驮载浮冰，滞缓流动。

骑着马，
和贡布、丹增兄弟，沿高高的河岸行进
我们的睫毛和髭须上结着冰花。

谁在前途？谁在等我们，熬好了黑茶？
谁把我们拖进一张画布？

黑马涂炭，红马披霞，栗色夹杂着雪花。
我们的皮袍兜满风，腰带束紧。

人和马不出声，顶着风，在僵硬的裸原行进。

谁在前途等我们，熬好了黑茶？

谁带来亡者口信,把我们拖入命运,
与大河逆行?

一具雕花马鞍

黎明在铜饰的乌巴拉花瓣上凝结露水。
河水暗涨。酒精烧坏的大脑被一缕
冰凉晨风洞穿。
……雕花宛然。凹型鞍槽,光滑细腻——
那上面,曾蒙着一层薄薄的霜雪。
錾花技艺几已失传。
敲铜的手
化作蓝烟。
骑手和骏马,下落不明。
草原的黎明之境:一具雕花马鞍。
一半浸入河水和泥沙;一半
辨认着我。
辨认着我,在古老的析支河边。

陇南登山记

与变动不居的人世相较,眼前的翠峰青嶂
应该算是恒常了吧?

这么多年了,一直守在那里,没有移动。
山间林木,既未见其减损,亦未见其增加。
涧水泠泠,溪流茫茫。
山道上,时见野花,偶遇山羊,面目依稀。

这一次,我在中途就放弃了。
我努力了。但认识自己的局限同样需要勇气。
我在青苔半覆的石头上坐下,向脚面撩水,
一种冷冽,来自峰顶的积雪。

惊喜记

喜鹊落在梨树枝头。
被一次次霜降浸染得几近透明、金黄的
梨树,它的每一片叶子,都可以在其上
刻写《楞伽阿跋罗宝经》。

三棵晨光中的梨树。即使它的叶片上
还没有刻下任何文字,我也愿意
在记忆中收藏它们。何况
五只长尾喜鹊正落在梨树枝头。

五个方向,五个时辰,还是
从父母身边逃走,尝试过整日整夜户外生活的
五个孩子?虽然我无法成为其中的一个
体验着幸福,但我看见了它们。

喜鹊会一一飞走。梨树的叶片
会因为它们的飞离,震颤不已。梨树,当它

金色的叶片在晨光中重归宁静,谁会相信
五只长尾喜鹊曾在那里留驻?

创作谈

盐巴也许产自遥远的自贡

　　谈论自己的写作往往是令人惶恐不安的。在论及我的诗歌的时候，曾经不止一个人谈到了我的诗歌具有某种安静的特质。是的，这是一个显而易见的特征。我来自青藏高原东部边缘的一座小城，小城处在广袤的甘南草原腹地。那里的生活节奏是单调而缓慢的，生活环境是简朴而宁静的，人文氛围又是浑厚氤氲的。我在那里工作、生活了三十多年。可以说我的写作中发生的一切，在不知不觉中打上了这片土地的深刻印记。

　　这样的生活环境，对一个普通人来说也许会被视为是人生的困境或局限。但对一个诗人来说可能是一种命运的恩赐。如果我把自己的诗歌比作是我在甘南草原深处遇到的一株不知名的、我自己称之为"杜伊未"的植物，也许是恰当的：它长在寂寂的河滩，长在杂草丛中，却有明晰的辨识度；它长在世间又仿佛距尘世遥远，就那样自在自为地存在着。而从我对当代诗歌有限的阅读中，我更加体认了自我的这种个体诗歌夙命。

　　不容否认，百年新诗是汉语诗歌传统之上的一种再造。当代诗歌在处理纷繁复杂的"现代性"经验时更是达到了汉语诗歌前所未有的精神广度和深度。但不容回避的是，当代诗歌在抵达语言的所有可能性向度的同时，也隐含着种种精神危机。其中之一就是遭遇着人类生存图景的变异，传统审美情境的消失。身处城市的诗人们的经验和想象力遭遇着后工业时代和消费主义文化的重重侵蚀。他们不得不更多地去在诗歌中面对分裂、冲突的精神镜像和怪诞、非理性的人生体验。似乎，人类的诗歌传统中作为根基的那种稳定、明晰的价值底座和信仰的标高正在消隐。诗歌的智性元素在异常丰富活跃的同时，诗歌内在的精神力量却在不断衰减。

在这一点上，我深感自己作为一个"边缘"诗人的幸运，也深感自己身后的这座青藏高原的神奇，也许它是人类精神家园最后的屏障。我长期偏安草原一隅，我在这里生活，在这里写作。在这里我坦然接受了自然对我的剥夺，也安然接受了自然对我的赐予。我深感自己的局限，也深感存在的"让与"。我看见和说出我的心灵感知到的，而对更广大的未知领域保持缄默。因为我常常感受到事物背后造化的力量。因此我心庄重，我对世间的一切存在充满虔敬。我的写作首先是面向自己内心的，我在诗歌中首先要安妥自己的灵魂。在漫长、滞缓和寂静的高原岁月里，陪伴我的是人类古老的诗歌精神，和那些伟大的诗篇。

同时，我的写作也是面向未知的外部世界的。在高原上，也许是因为地广人少、空气稀薄的原因，人的生命感觉异常脆弱而又敏锐。遇到的一个人，一座寺庙，一朵花，一处海子，甚或一只无感无知的甲壳虫，都透着神秘或原初的味道。但我坚信，在平凡的人生与这种神性意味之间，肯定存在着某种古老而天然的精神通道，某种看不见的庄严秩序。也许，它藏在某种最平凡的日常生活状态之中，经由某种最不起眼的物质而弥散着。

比如，我常常惊奇于高原上那些普通牧人家或僧舍的普通早晨。

一个牧人和僧人的早餐一般是由一碗酥油茶、一碗糌粑构成的。酥油茶是由泉水、酥油、牛奶、粗茶和少许盐巴熬制而成。而糌粑的唯一成分是炒熟的青稞面粉。这份早餐简单到了极致。但这些最基本的物质不但提供着一个藏族同胞的全部肌体能量，也支撑着他元气充沛的精神世界，更维系着他内心恒定的信仰维度。在牧人或僧人安静地用餐的时候，帐篷外面或院子里往往煨着柏香，桑烟袅袅。屋顶上竖着经幡，在风中猎猎翻飞。这样的早晨安详极了，安静得让用餐过程像一个古老的仪式。那些酥油茶和糌粑不但妥帖地滋养着牧人的肠胃，也润泽着他最基本的世界观，让它温暖、平和、美好而又熠熠闪光。更重要的是，桑烟的香味和经幡上的风声，让他感受到神灵的眷顾，让他感知此刻神灵与他是同在的，并且对此深信不疑。世间万物因此在他心中井然有序——这多么像是荷马时代的一幅人类生活图景——人类、自然、神灵在一个小小的早餐炉膛旁边平起平坐、促膝深谈——而这一切只有在青藏高原才是可能的。在这里，诗人也许是多余的。在这里，我常常感到诗歌需要救赎。

而那些牧人或僧人所浑然不知的是，一碗酥油茶，也让他与大千世界保持着遥远的联系：泉水来自远方的高山融雪，牛奶和酥油来自牦牛体内，茶叶来自四川或云南，盐巴也许产自遥远的自贡……

更多的时候，我多么希望自己就是那个牧人，或者僧人。我希望在自己的诗歌里，真正抵达一个那样的早晨。

2018 年 9 月，甘南

群峰之上——自然写作十家诗选

剑男诗选

诗人档案

剑男，原名卢雄飞，湖北通城人。20世纪80年代末开始文学创作。在《人民文学》《诗刊》《十月》《作家》等发表有诗歌、小说、散文及评论，有诗歌入选各种选集和中学语文实验教材。著有《激愤人生》《散页与断章》《星空和青瓦》《剑男诗选》等。现在华中师范大学任教，华中师范大学诗歌研究中心副主任，《语文教学与研究》杂志主编。

上　河

阳光是逆着河水照过来的
照着挖沙的船，日益裸露的河滩，以及
河滩上零星的荒草，说是河
其实是众多的水凼子，因此远远看上去
就像一面打碎的镜子散落一地
不再有浩荡的生活
不再有可以奔赴的远大前程
上河反而变得安静了，并开始
映照出天空、山峰以及它身边的事物

山腰上的老屋

一座老屋前长着乌桕、白继、油桐
枸骨身上有刺，和丛生的木槿
被种在菜园的旁边，枫杨树长在左侧

一半的枝丫遮住半边厢房，但是独木
在乡村，不成形的叫杂木，壮直的叫木材
因此乌桕、白继和油桐共生一处
枸骨和木槿被密密麻麻种成一道栅栏
只有枫杨被宠爱，独占半边空地
这样朴素的、不自觉的布局和时代的
价值观何其相似，但我惊异于它和
山坡形成的这座老屋的虚空和冲淡
一角灰瓦的屋檐在高大的枫杨掩映下
挑出山腰，落寞、苍凉，有颓废之美
惊异于门前的野花开得冷艳、荒芜
那紧闭的柴扉似乎就要被一首诗歌叩开

挖藕人

两只鞋，一只新，一只旧
它们摆在一起
一只干净新样
一只沾满污迹，磨破了底
在它们不远处
几只鹭鸶练习单立

一个人正在湖中挖藕
鹭鸶的腿直而修长
挖藕的人双腿埋在淤泥中
当他在浅浅的湖水中移动
我看见他用手从藕筐旁边
摸出一支拐,像一个
熟练的水手驾驶一艘快要
搁浅的木船,轻轻一点
就把自己缓缓地送到前面的淤泥中

山花烂漫的春天

在幕阜山
爱桃花的人不一定爱梨花
爱野百合的人不一定爱杜鹃
爱洋槐的人
也不一定爱紫桐、红继
只有蝴蝶和蜜蜂爱它们全部
只有养蜂人
如春天的独夫
靠在蜂箱旁掉下巴、合不拢嘴

路过水库边的酒厂

从春天的幕阜山下来往西,最醉人的地方
是酒厂,交织着泉水和阳光的甘洌
草疯狂生长,花也开得亢奋
像一个人换上春衫
与无法改变的命运推杯换盏
那从酒窖中一点点儿提上枝头的绿
勾兑着温水般的生活,让他
始信寂寞的身体也有着对春天的渴望

春天来了,我们要做个无所事事的人

没有必要动土
没有必要清除腐烂的落叶
没有必要以为池塘中的
残荷没有淤泥中生命的气息

冬天过后，脱下棉袄的人
在风中等待雨水
没有必要焚烧荒草
没有必要剪枝
没有必要移栽幼苗
植物在替大地翻耕它的田野
没有必要打深井
没有必要擦洗犁耙上的铁锈
没有必要掘草木的嫩芽
风吹过幕阜山
万物都跟着轻轻动了一下
没有必要驱赶小动物
也没有必要掐尖和打出头鸟
春天来了
我们要做个无所事事的人
看大地如何自己翻过身
自内而外焕然一新

老榆木

山中一棵老榆木
长满疙瘩，有雷击的痕迹
它垂伏四周的枝条系满了红布
在这个冷寂的初冬
带来了虚假的、火的热烈
一棵树成为人们膜拜的神圣之物
是因为它的古老
还是因为人们在它的身上
看到忍辱负重的自己
对南江河人来说，我倾向于后者
红布无非寄寓着他们在人世
失去庇佑的凄苦
我想老榆木也不希望有这一天
我想无论是对于人还是物
一百五十年
都是一个生无可恋的年纪
你看这棵老榆木
所有枝条都在往下坠，像是

因为不堪漫长的时光

而厌倦了自己

蜗　牛

趴在一株栀子根部的蜗牛

每天往上一小段

栀子一夜舒展出新叶

在早晨的微风中摇曳生姿

快与慢的两极，蜗牛

在这个万物勃发的春天

显得一动不动

缓慢的事物凭借耐心

迟钝的人下笨功夫

在春天

我就是这样的一个动物

我内心也有一朵朵洁白栀子花

但我跟不上春天的节奏

不是慢一拍

而是生来就落伍的自卑之心

但有人一夜就攀上命运的高枝又如何

一只蜗牛背上自己这个重重的负担
在每个时间的节点上以静制动
不忧、不怨
也不出走自己
这样被动的事物反而让我暗暗生畏

祝福蝴蝶

瓦片上停着一只蝴蝶,刺花上也停着一只
瓦片上的蝴蝶一动不动
如落叶,刺花上的蝴蝶随着花枝的摆动而摆动
如另一朵花
我喜欢一切安静、懂得收敛的事物
也不反感它们从前轻浮的追逐
啊,一只蝴蝶停在瓦片上,祝福它远离喧嚣
一只蝴蝶停在刺花上,祝福它仍眷恋着红尘
祝福瓦片上的蝴蝶获得安宁
祝福刺花上的蝴蝶也有不得不接受的、命运的刺

芦 苇

芦苇在枯槁中抽出新芽
江水正围着一条冒着白烟的驳船打着旋子
江水从不为两岸事物作片刻停留
似乎也不曾对两岸事物有过片刻的离弃
想起世间万物都是如此相互依存
想起记忆中故乡的芦苇
此时也和江边芦苇同一颜色
此时的我也和少年时一样在人世徘徊
我觉得我就是那正在抽芽的芦苇
和江边喘着粗气的驳船
默默地在水底提着一颗笨拙向上的心脏

泡　沫

一条流水一定有着它的悲伤
它在群山中穿梭，只能接受往低处去的命运
但因其有确切的去处，它也是快乐的
它奋不顾身冲下悬崖，在逼仄
幽暗的峡谷侧着身子，在平野缓缓向前涌动
比很多宿命事物多出来的东西是
它有着一个辽阔的归属，能在不断低下去的
冲决中抵达生命的恢宏，因此
我们看到流水在最危险、最湍急处开出花朵
而在最平稳、最懈怠处却生出泡沫
有人说水花是流水中欢乐的部分，其实
有时也是愤怒的部分，但水花的
欢乐和愤怒都是干净的，只有在平庸中再也
回不到水内部的部分才成为泡沫
像人世所有的痼疾，因为背叛了自己
只能在阴暗角落和众多虚浮之物
沆瀣一气

夜宿大别山

半夜，被自己的咳嗽惊醒过来
夜色寒凉，明月半窗
听着安静的流水
微风轻轻吹动的木叶
想起人居一隅
天衣、地被、身盈、心虚
一些事物在黑暗中沉睡过去
一些事物像我一样在夜半醒着
人生所寄又能怎样
千里大别山也不过有着人世一样的孤独

独　立

独立的金鸡，平静水面单腿站立的鹭鸶
停在松枝上的白鹤，它们纹丝不动

好像对世界而言,一条腿就已经足够
但在云溪,我看见一只断了腿的山鹰
被人牵着在路上蹦跶,眼睛里充满了火
那条不再听使唤的腿似乎让它感到
愤怒和绝望,独立的东西有软弱的一面
也有坚强的一面,因而是美的
但独立之外的东西显然并不显得多余
无论残废的,刻意藏起的,那支撑起
我们独立的东西一定也包括多出来的
那一部分,就像那个跳芭蕾舞的少女
似乎永远只有一条腿,另一条总是空的
那不过是我们对孤单力量所表示的
敬畏,以呼应我们在生活中的独木难支

一棵野柿树

水库南边的山坡上长了一野柿树
说它野,是因为它独自长在一片枞树林间
没有组织,出身也让人怀疑
它是在什么时候、借助什么力量
潜入这片枞树林的

是借助散漫自由的风，还是目无纪律的鸟
一片枞树林生长得整齐划一
而一棵野柿树就像一片稻田中的一株稗草
破坏了集体的纯洁性
现在这棵柿树还没有到挂果的年龄
如果有一天它挂上金黄的果实
在一片枞树林中被突出出来
会不会有人说这其实是不成熟的表现

山中一日

世上并没有绝对的中途，只有永远的途中
截取一段路，截取一段时光
对等的距离，好像可以丈量，可以制衡
像爱上一个人，一半的路程似乎赢得了全部的孤寂
但这一半的甘苦并不等于另外一半的甜蜜
一条溪水在中途终于汇入大江
它的欢乐却是减半的，要被浩大的洪流所挟裹
我有中途，年过半百但余日可数
我有半生的荣光，但要完败给这一日的颓废
这一日，旧情复燃，江河俱废

这一日，幕阜山高，青丝染成白发
这一日，枯叶拒绝坠落，清风不屑人间
我提着白云倒出的半壶老酒，半梦半醒醉卧在神的山间

最好的柏木

最好的柏木长在向阳的山坡
最好的柏木做成棺椁埋在老瓦山中的土中
最好的柏木长着一张沧桑的脸
最好的柏木打去皮
身上有着和老瓦山一样的伤痕
最好的柏木生长缓慢
伴随着老瓦山一代又一代人的生和死
就像一九八七年冬天
母亲从房梁上放下四根老柏木
请木匠为父亲造千年屋
老柏木多么好啊
刨子刨起的木花清香弥漫
成堆刨木花就像老瓦山顶积雪的暗光
虽然父亲卧病在床
但母亲和我们姐弟都知道

最好的柏木和最好的人仍在人间

星　星

我喜欢星空，但我从不数星星
在辽阔的乡村夜晚，我喜欢它们的闪烁
我喜欢池塘倒映着它们的身影
像缀满暗花的青布，我喜欢祖母说其中有一颗
是属于我的，我孤独时
它就变成草地上的一只萤火虫
其实没有星星的夜空也是一匹藏着暗花的青布
可我的母亲已披着它去了天堂

昨夜的乡村一定大哭了一场

昨夜的乡村一定大哭了一场
你看潮湿的屋顶，水汽蒸腾的地面
草叶上的露珠，少年脸上的泪痕

以及他身旁新坟上不再飘动的白幡
它们都洗净了身子，陪着这个
悲伤的少年一直睡到了初阳升起

秋阳中的母亲

秋天来了，屋顶南瓜长不动了，在屋顶
趴了下来，昆虫在动用私刑
把冬瓜叶咬成网状，露出它肥硕的身体
我无所事事陪母亲在屋前晒太阳
云朵在天空游走，母亲养的槐鸭在池塘
伸出天鹅一样的颈脖。很多年
我一直在故乡来去匆匆，好像从来没有
像今天这样奢侈享受过秋日的阳光
我想这对母亲同样是奢侈的
一只七星瓢虫从脚前的南瓜叶上飞起来
我才发现它也有翅膀，阳光照着
母亲头顶的白发，也照着我发白的双鬓
坐着坐着母亲就睡着了
嘴角还留着安详而满足的笑容
阳光静静地覆在她身上，像一支摇篮曲

创作谈

诗歌中的自然书写与人的尺度

我是20世纪80年代上大学的。在进大学之前,我从没有写过诗歌,来到大学后,因为当时校园里浓郁的诗歌氛围,我也开始附庸风雅,尝试写一些分行的文字。

评论家魏天无教授曾给我写过一个评论,他把我的写作分为三个阶段。他说从大学开始到2002年是我写作的第一个阶段。这一阶段我的诗歌比较唯美的,整个美学风貌是比较空灵、玄幻、晦涩。第二个阶段大概是从2002年到2007年前后,是我写作的一个过渡阶段,诗歌以写城市生活的居多,基本上是调侃、嘲讽,甚至是批判或者鞭挞,几乎看不到对城市的赞美,反讽性比较强。2008年到现在是第三个阶段,从城市回到故乡,希望像福克纳曾经建立的"约克纳帕塔法系列"一样写一个"幕阜山系列",带有很深的生命体验——如果从创作心态和创作观念的变化来谈,我觉得这两者是共生的。

这种变化跟我第二阶段的写作密切相关。

大学毕业后一直在城市工作,所以从2002年开始,我希望自己也能写写自己置身其中的这座城市,但在对这座城市的断断续续书写过程中,我发现自己其实是很难融入这座城市的,我忽视了城市和乡村的社会结构的差异性——无论是乡村世界还是城市社会,它都是需要有人、有人与人之间的交流而形成的社会文化去支撑的——我虽然在武汉，但我和武汉并没有深入的交流，甚至觉得自己是这座城市生活的一个陌生者，人和人之间总像有什么东西在隔着，让人感觉不到温度和热情。所以，我在2008年前后就把笔触更多地转向了我的故乡幕阜山——这可能也是我那段时间有较多诗歌写到人生漂泊无寄的原因。

有人说我在对自然的书写中对残缺、病痛很关注，比如《牙齿之歌》《挖藕人》《独立》等篇章，但对我而言，都不是刻意的。《挖藕人》《独立》都是写独腿人生状态，一实一虚，我想表现的其实是人在生活中的失重和艰难。我还写过一首小叙事诗《老丁》，写的也是一个腿部有残疾的人。我在诗中借老丁的口说——其实谁又不是一拐一瘸的在这个世上讨生活呢？——这可能是我写这类诗歌的动机。包括写病痛也是如此。我写《胆结石》说"我从没有粗暴地对待过我的身体/也没有借着胆子粗暴地对待过生活"，写《牙齿之歌》说"这一生太多让人疼痛的事情/已经不再让我感到痛苦/但我担心再也不能咬紧牙关/担心胃在饥饿，仅有的食物却/塞在牙缝，人世有大悲伤/我却不能一字一句清晰地说出"，其实都有借题发挥的意思。

我们常说诗歌具有强烈的自我个性和神秘特征，我想它们仍然建立在每个人的经验基础之上，它既不是经验的重现和还原，也不是经验剪辑和拼凑，但它一定是在对经验深刻体认之后的一种重建。或者说，诗人的经验也可以从现实中游离出来，通过词语的组合重新形成一种新的关系和形式。肉体上的残缺、病痛不一定每个人都经历过，但精神上、心灵上的残缺和病痛每个人或多或少都会有经历，而这种残疾和病痛往往来自我们周边的事物以及社会现实的投影。写作很多时候都是来自精神和肉体的双重压迫逼使我们不得不一吐为快。我的这种关注如果意味着什么的话，我想更多的应该是对自我生命处境的深深同情。

我一直在写我的家乡，包括刚开始写诗歌的时候。如果要说我对乡土的书写有什么变化的话，那就是20世纪90年代是一种泛乡土、泛自然意义的书写，唯美、忧郁、抒情，而近些年来，我更注重的是与故乡包括自然关系的一种重建，在书写中更加注重人的尺度的存在。

比如我2008年以后的很多诗歌都写到我的故乡幕阜山，出现了很多具体的人、山川及植物的名字。有人问是否有什么深意，其实我从来没有想到要在诗歌写作中刻意安放什么东西。我只是在写作中慢慢地发现，我所描写的故乡一山一水、一草一木对我而言，都是一种人的尺度的存在。故乡每一座山、每一条河、每一株植物都是不一样的，甚至同一座山、同一条河流、同一株植物在不同的时间、不同的地点也是不一样的，它们更加具体地连接着我的故乡亲人们艰辛的生活和摇摆不定的命运。因此，在诗歌写作中，我越来越细致地去区分它们。

其实我家乡很多事物的名称，包括很多植物，学名是什么我都不知道。比如有一首诗歌写到猫叶，猫叶的学名叫什么我至今都不清楚。猫叶这种植物我小的时候经常吃，茎上长着可以划伤手的刺，叶子是淡绿色的，像心形。小的时候，我们经常把它摘下来，揉一揉卷起来吃，酸甜酸甜的，可以填饱肚子。很多这样的植物，现在我也叫不出名字。为什么把这些植物写得这么细，实际上也有我的生活经验在里面，所以不由自主就把它写细了。

把笔触转向幕阜山，现在想来，也不是仅仅是因为对城市书写的隔膜，还跟我那时的年龄有关。2008年，我已年过四十。人到了四十岁之后会变得怀旧，也就是我们说的乡愁。德国哲学家（和荷尔德林同时代的）、短命的天才诗人诺瓦利斯说哲学就是一种永远的乡愁，不安是人存在的常态。这种不安就是你离开了故乡之后在异乡的不安，所以人总是会不断地往回走，寻找回归故乡的路，而当你回到故乡之后，过于安定的生活又会带来新的不安。所以，对于一个写作者来说，他一直都在离开故乡的路上，同时又在返回故乡的途中。我开始关注我的故乡可能也和这个有关系。在这之前我写过一首诗歌，谈到人生的残局在中年也已经形成了，没有输赢，看不到结果。过早地看到这么一个残局的时候，人的内心就会不断地往回走，回到故乡，回到自然。

为什么一个人的写作会不断回到自己的故乡和自然，或者说一个人的故乡之所以值得回归，我想可能是因为一个人对世界的最初认识，都是在他童年的时候。童年世界很少受功利性的东西影响，童年的孩子看待世界是非常干净的，包括情感的建立、对世界的判断和认知都是最干净的。对故乡的回归实际上是对童真的回归。人在年轻的时候对故乡这个概念的感觉可能还不强烈，但只要到了四十岁，在经历了现实的种种磨难和挫折后，人的内心就会慢慢往回走。那些年我的母亲年纪大了，她一个人在老家，我有时候一个月回去两次，只要她身体不好我就回去。我觉得回到故乡一个人待着的时候内心会变得平静，不像待在武汉这个地方，让人焦躁不安，总感到一种繁重的工作压力。在故乡会非常舒服，什么事也没有，可以一个人坐在门口发呆——我有时候甚至觉得发呆是人生最高的境界，因为发呆的时候人的头脑是空的，把什么都放下了，完完全全一个真空状态——外面下着雨或者刮着风，但身心是轻的。所以，我的写作也随之往回走。

对我来说，故乡和自然就是安放内心的、一个自在的地方。如果说要把诗歌里的故乡还原到现实中的故乡，也是不可能的，这种记忆也只是我在童年那种没有功利关系的状态下建立的认识，就像陶渊明《归田园居》中写的"复得返自然"。陶渊明"返自然"到底"返"到哪里？我们以前认为陶渊明不做官回到田园就是"返自然"，现在我觉得很多人对陶渊明这个"复得返自然"都理解错了，应该是返回到生命的童真时代。诗歌中有一句"一去三十年"，《中国历代文学作品选》里面说这个三十年应该是十三年，是误写，说陶渊明29岁当官，距写作这首诗的时间刚好是十三年。可是为什么诗中的"方宅十余亩，草屋八九间"写得这么精确，而把"十三年"误成"三十年"呢？我觉得这个不是错误，它就是一去三十年，三十年前就是他还没有出来做官、还在乡村生活的时候。那个时候陶渊明还是个十多岁的少年，没有受到世俗社会功利化的影响，还处于一个人生命的本真状态——对于我来说，我对故乡的返回也是渴望回到这样一个状态。

有人说关注自然生态是我诗歌创作的一大特色。我想他们说的是我诗歌中对自然，包括山川河流、花草树木及栖息其间的一切生命的关注。但对我来说，我觉得我的这种关注是一种大环境使然。因为自20世纪90年代以来，生态的不断恶化在乡村是一个非常明显的事实，加上我本来出生在乡村，而且一直和故乡保持着非常密切的来往，所以对乡村过去美好生态的怀念和对今日乡村生态遭到破坏的惋惜就自然而然地出现在我的写作中——也就是说我的这种关注是自发的，不是自觉的，是一种无意的关注。我只是希望通过对故乡自然生态的描绘来指认一座村庄以及生存于其间的我的乡亲们的命运。

同时，我的这种关注也是很狭隘的，主要集中在我的家乡幕阜山一带，并没有站在一个什么高度上。比如我写《山花烂漫的春天》："在幕阜山 / 爱桃花的人不一定爱梨花 / 爱野百合的人不一定爱杜鹃 / 爱洋槐的人 / 也不一定爱紫桐、红继 / 只有蝴蝶和蜜蜂爱它们全部 / 只有养蜂人 / 如春天的独夫 / 靠在蜂箱旁掉下巴、合不拢嘴"；写《上河》："阳光是逆着河水照过来的 / 照着挖沙的船，日益裸露的河滩，以及 / 河滩上零星的荒草，说是河 / 其实是众多的水荡子，因此远远看上去 / 就像一面打碎的镜子散落一地 / 不再有浩荡的生活 / 不再有可以奔赴的远大前程 / 上河反而变得安静了，并开始 / 映照出天空、山峰以及它身边的事物"，我只是关注其中很细小的一部分。为什么我说养蜂人是"春天的独夫"，说上河"像一面打碎的镜子散落一地"，除了写花、写河流，我其实还希望大家能从中看到乡村的荒凉，看到我家乡亲人们在命运面前的退守和无力感。

文察世道，诗问良心对一个诗人来说，他必须具备通过自然来表达个人的心理、暗示某种情绪或思考的能力。就像马致远的小令《秋思》——诗意就是"小桥流水人家"的闲适宁静之美（自然）与"古道西风瘦马"的劳累奔波之苦（人）两相对照。这种自然不一定是隐喻或者象征，但一定是生动自然物象之间的交织与回响激起的想象和情感回应。

我在《秋阳》中写"坐着坐着母亲就睡着了 / 嘴角还留着安详而满足的笑容 / 阳光静静地覆在她身上，像一支摇篮曲"，在《夜宿大别山》中写"千里大别山也不过有着人世一样的孤独"，我的一位朋友说，他以前一直认为描写自然、乡土的诗歌太过传统，当他看到我把阳光比喻成摇篮曲，写大别山和人世一样孤独，他觉得需要重新认识当下关于自然、乡土的诗歌。但他认为当下自然、乡土诗歌中的现代性问题依旧没有得到解决。

我在这里也就现代性为当下关于自然、乡土的诗歌作一个小小的辩护。

现代性包含两个基本层面，一个是社会的现代化，一个是文化艺术等的审美现代性。最常见的表现是对前一种现代性发反思、质疑和否定，但我一直觉得现代性使人和自然的关系越来越疏远，割断了人和其精神家园——自然的亲缘关系。尼采说上帝死了，无论我们怎样在现代性和后现代性上纠结，细究起来，其实可以看作是对人们所追求的现代性的一种质疑。上帝死了，无非是说现代人灵魂失落，没有精神上的归宿感。就像人们所说的，我们生活在器物、符号和一些虚拟的空间，我们拥有丰富的知识，却不知道这一切的意义在哪里，不知道我们从何而来，最终又将归往何处。如果我们撇开自然一味谈论和追求诗歌所谓的现代性是没有意义的。我甚至觉得现代性就是被所谓物质文明和科学技术包裹的且不断膨化的人类欲望，如果它不能有助于我们重建人与自然的关系，让人重新回到一种自然、澄明、简单的生活状态，它就是可疑的。

诗歌不是大众化的审美认同，有各种各样的写作方式通往诗歌的圣殿，但来自人和自然的相互捶打和撞击一定是诗歌持久旺盛生命力的一个有力表征。我想每一位置身于他所处时代的诗歌写作者通过对自然书写激起的想象和情感回应在某种程度上体现的就是诗歌的现代性。

群峰之上
——自然写作十家诗选

林莉诗选

诗人档案

林莉,诗文见《人民文学》《诗刊》《星星》《天涯》《花城》《读者》《山花》《作品》等报纸杂志,入选各年度选本。出版诗集《在尘埃之上》(21世纪文学之星2010卷)、《孤独在唱歌》等。获2010年度华文青年诗人奖、2014江西年度诗人奖、红高粱诗歌奖、扬子江诗学奖等。曾参加《诗刊》社第24届"青春诗会"。

春　夜

水草间淤泥的气味
荒草茎秆沙沙的耳鬓厮磨声
远处，土丘上坟墓如一枚被时间
用旧掉的金戒指
在黑暗中闪着孤光
幸福，属于这些在尘世无牵无挂的人

我默默地盯住它们
不为所动，不求安慰
在这广阔的人世间
我们有类似的沉默以及阴影
唯有内心的悲欣交集各不相同

雁群飞过

站在枫溪高高的堤坝上,我看见一群雁
向西飞去,有一瞬间它们张开的翅膀一动不动
像是在经历一场庄严的告别,然后它们从落日的针眼里
奋力穿了过去——
夕光把整个大地都染红了,黄昏的空苇地上
落着它们黑色的影子,安宁且痛楚

一只白蝴蝶停在豌豆花上

一只白蝴蝶停在豌豆花上
简单。快乐。村庄里显而易见的自然事物啊
我,一定是深爱过这样的场景

颤动的羽翼含苞的藤蔓
那阵扑面的气息

细小的窸窣的,胸口酥麻的温热
——透明的花蕾举起轻快之翅

四月还是五月?
在乡间,我疼着的泥地上
必定有豌豆花的浅蓝溢出田垄
也必定有白蝴蝶破茧而来
停顿,翻飞,稍纵即逝
我怎能一次次地想起
——难道春天来得太快? 而冬天过于漫长

日落橙树林

是谁赤脚踩乱了无边草色
甚至还扶起过树杈上的风
五月,日落橙树林——
要允许青草渗出新鲜汁液
允许大片橙花开到衰败或在枝上
抱紧了身子。它的
秘密喧响,只向一个人敞开

不要轻易谈起孤独

电线上
蹲着一只鸟,漆黑
像傍晚的天空,遗落的一个
句号

如果在旷野上经过
请将脚步放轻
请不要开口说话——苍茫的暮色中
你想说的,也许
正是倾斜的天空所要收藏的

你应该知道
即使是一只掉队的鸟
也不会谈起自己的孤独

田野之诗

胡豆和豌豆花,在风中掀起漩涡
春风中,点豆撒播的人
为坟丘培土,清除杂草的人
并没有抬头

坐在田埂上,泥土的沁凉
是一股秘密电流,随时扑击你
此时,枯萎的思想重新长出绿芽

年年春光相似却大不相同呵
比如,昨天见过的人
今天就不在了

在田野走动和安睡的人
是笨拙的,一生只开一次花
结一次果子

只受限于不被重复的爱和消逝

恰似欢乐来临

一只野獾低头嗅向落叶堆里的红果
一支充满静电的茅草趋身向晚的溪谷
一枚带缺口的枫叶被七星瓢虫驮走
一堆枯枝，噼噼啪啪地燃烧

在鸫鸟的眼瞳里，一根命运的弯曲的胸骨
覆盖着古藤树的苍苔和沉沉热力——

乙未年游铜钹山：立秋记

途中
我们掩埋了
一只野狍子即将腐烂的尸骨
越过曲折的山路
我们闯入到铜钹山的腹地

浆果落在枯草皮上

风吹过来

清凉的酸涩味蕾在极速弹起

像是某种熟悉而遥远的气味

我们停在这里

深吸一口气

努力吸吮着,一次又一次

我们的记忆在迟疑中来回摇摆、摸索

而此刻

山谷花开、鸟飞,溪涧细小的响动

却在提示我们

万物有序,包裹在一个大无常中

我们循着可能的迹象

慢慢平静下来

在一块巨大的岩石上坐着

我们细长的阴影

像极了一块脱干了水分的苔藓

这被时间处理过的标本

风也没能掀动它

其实

我也很久不曾想起什么了

浆果在风中滚动

仿佛是那只炽热凝视过我的眼睛

一晃,就不见了
秋天以前,风替我爱过它

在冬天看星星

朋友发来一段视频
说是冬天在山中看星星
的确不一样

朋友问我
有没有看星星的经历
其实,我已经全然记不起来了

现在,我盯着手机视频
里面只有漆黑一片
但我还是感觉到了
那种难以描述的喜悦

四野空寂
星星在透明的夜空中汇聚、相逢

巨大的静谧中，一颗星星眨着眼睛
俏皮闪烁，而另外的在眩晕中
落到一片荨麻、野菊中

久违了，那不可名状的忘我的燃烧……

山丘诗

蒲公英、紫花地丁、薜荔、辣蓼
蓬勃的花朵和果子
传来春天的消息

我的脚步轻快，我的心
扑通扑通
我注视着它们，直到莫名的水汽
自眼眶中升起

我放松了戒备，一只蜥蜴
从花丛里蹿出，拖走了我用旧掉的影子
很快从小路尽头消失

再也没有什么可以失去的了
包括风,包括爱

山丘无言,依旧是薜荔果青绿
蒲公英金黄,紫花地丁以及辣蓼
没心没肺地疯长,因空无
进入一种震颤中的沉寂

山楂树

一棵山楂树
站在老房子边,又酸又甜
在夜晚,星光,虫鸣,流水
都是衬托它的背景

山楂在秋风里窃窃私语,
每一句话都饱含情意。
它们相互靠近,
触碰,致意,递给彼此一把火

而有的山楂会被风吹落,
像那类转身离开的人,
不能回头,无法重逢。

秋风,慢慢地,把一棵山楂树吹红,吹凉。

枫杨林

雨水清洗过的树林在午后
有一种清新的迷离
我们坐在石头上
浓浓的睡意席卷而来
在半睡半醒之际
有鸟鸣声从林子的
各个方向传来
布谷的、野斑鸠的、啄木鸟的……
耳朵里,心跳里,充满自然的原色音符
那些枫杨树,高高的树干密密麻麻
披覆着青苔和络石
翅果,钟摆一样在风中轻晃
时间,出现过,又如鸟儿一样

拍着翅膀飞走了
当你失去,心无寸物
请记得,信江支流旁
有一片枫杨林
在雨中,缀满青苔、络石以及鸟鸣。

植物学

这是繁缕
在墙角边,开着小白花
这是一年蓬、风轮菜、凤尾蕨。

这是沉默的植物啊
这是去而复返的离人,这是——
白云苍狗或不被破译的浮世音讯。

这是,大地上
说不出话,用力续命的词语
这是一年蓬、风轮菜、凤尾蕨
以及繁缕。

野　地

一条小路通往松树林，另外的消失于草丛
雨后，每一根松针都悬垂晶莹的水珠
哦，神隐秘的指尖，湿润、微凉
修葺坟墓的人，只露背影，灰白单衣敞开
弯腰，培土，除草皮，间或歇着抽烟
似乎是一些雾气，或者别的什么迷离之物
越来越浓，慢慢地遮挡了视线
一只灰雀，唧唧声，过大，过清脆——

灰喜鹊经过了秋天

黄昏后，山上传来夜行人的叫喊
一声长、一声短

随即
小小的山村，灯火迷离
一只灰喜鹊
在其中穿梭

秋天，喜鹊在飞，从我们的头顶上
影子里

一个冷静的带电体，向人类
发出隐秘的布施。

画春风

在无人的山野
碎米荠菜到山鸡椒花之间
我要把它画成一阵吹拂的模样
翠绿的呼吸和咚咚心跳
我要用空空的篮子
把它带回家
漫长的冬天过去后
我要把它画成摇曳这个词语

那一树清新的鹅黄的忧郁，此时
也在吐蕊，有了欢喜的回应
远方的人，如果你已走进山野
从成片的碎米荠菜中弯下腰身
拎着空篮子
或者，孤独站在山鸡椒树下
若有所思
那一天，花落山坡
我拿起画笔，你吹着口哨
我放下画笔，你吹着口哨

鸟　鸣

你听见过那种鸟鸣吗
苍凉的一声两声，若有似无
从某处遥遥而来

春天的时候，它的咕咕声
穿过绵绵细雨
如同一个久经生离死别的人在呼喊
现在，秋天刚刚开始，它仍然

在傍晚，清晨，午后
搅动着四野的寂寥

它总是突然出现
又快速消失，以至于
无法判断
这声音是真实的吗

仿若宇宙间某种令人心悸的遗存
一只鸟的叫声，是尘世中
最古老而长情的事物之一

它的声带里，淌着一条河以及众多支流

湖　边

湖水褪去了情欲，在冬天
发散出我喜欢的青蓝之光

一只孤单的野鸭，嘎嘎叫着
在水面留下一道灰扑扑的直线

那迷人的道路里是否埋藏着一些
无法撤除的地址、姓名、事件？

湖水静默不言，只有那些黄的
黑的石头，被拍击出呜咽般的空响

在湖边久久走着
湖水干净而清凉的气味震慑着我

现在，我是欢喜的
仿佛曾有过的焦虑、自绝、啜泣
都被湖水带走了

薄暮时分，在我失控过的身体里
关于甜蜜的发芽的词语，已溢出了堤岸

楮　溪

只有在此，寂静才是斑斓的
岸边楮树林，变换着彤、金、翡翠色的表情

甚至，那斑斓也是缓慢流动的
倒映在九月溪水的恍惚中

多少年了，那些没有说出的话
沦为暮色中的波纹，一边生成一边消逝

而未及表达的情意，正渗出丝丝缕缕的白雾
那也是寂静的另一种形状

当它不舍昼夜，绕过小镇涌向旷野和群山

在雨中

小河、小溪，身体变得饱胀
时而清澈见底，照见一只翠鸟碧绿的鸣叫
时而裹满泥沙，浑浊得要命
葱茏的生机
混杂着红花草的气味，扑面而来

另一旁的田地里，牛在雨中犁田
新的稻种等待撒播
忙碌的农人，看不出表情
他们走动着，有的扛着锄头
有的提着菜篮，有的背着双手
只是在田地边转悠着

此刻，我们知道
雨下着，并无什么东西会失去

山居或旧事

松鼠、篱笆以及
老木桩上新续的茶水
我们和父亲的谈话戛然而止

这些年
我们越来越喜安居
此种朴素的岁月

譬如那刻
暮色笼罩远处的楮溪河
父亲从一个废弃的菜地里锄草归来
风把泥土的香气灌进我们的小院
我们被暮霭涂抹
像极了毛茸茸的松鼠
不开口,藏在篱笆深处

哦,松鼠毛茸茸的尾巴
寂静的尾巴
从花篱笆上落下来
我们一起沉默着
静待茶中落花,心里长草

自然笔记

雨下了一整夜
栎树的枯枝上长出了木耳
这黑褐色的耳朵,保持着
倾听世界的决心
檫树爆出馨黄的花骨朵

细小的欢愉充盈着荒凉山野
青冈木瘦小的骨节,结着一道疤
像极了一只无辜的眼睛,眼神淡淡的
胡秃子、橡实、含笑、薇
经过漫长冬天的孕育,在雨中各争其命
我乐于长时间流连于此,甚至不用担忧
我的母亲病了,止痛药快不能镇压
身体的暴动
邻床七十八岁的老妇人,已吃不下什么了
还有那个木讷的老汉,不说话
一个人吃药、一个人按响病床的呼叫铃
"这些要命的痛——"
削减着美,拙劣的生活中
花蕊制造出了绝望的波浪
树木吸纳雨水,吐露清辉
我们和万物一同遵从消长的秩序
疲惫但又心有不甘
一次次,我们承接自然之道和恩典
痛觉消失了,痛在持续

旷 野

一群灰雁
收敛了翅膀。它们
在葱茏的山林间,走走停停

母鹿们,在草丛里
机警地四处张望
棕黄色的皮毛,闪着细密花纹

清晨的光线,因母鹿的麝香味
而弯曲
世界进入温和的自然之境

一切,没有突兀的变化
似乎沉入了亘古的平静和秩序中

直到,母鹿们挟裹着薄薄的晨曦
轻快跑跳着,几只灰雁

呼啦啦,呼啦啦,从山林中
箭一样射了出来

躁动起来的旷野
开始变得陡峭、跌宕……

创作谈

自然之境

一、旷 野

有很长一段时间,我大部分的空余时间都用在了去旷野随意走一走,或者挨着一片苎麻、藿香蓟、蒲公英坐下来。什么都不用想。这个过程,令我着迷。荆棘拉住衣襟,菖蒲独立岩石边,灰斑鸠咕咕叫唤,鸟窝在枫树杈轻晃。内心万马奔腾瞬息化为乌有。我体会到了一种来自大地深处的愉悦。

旷野是丰盈的,石缝间,有泉水无声涌出。苔藓和一朵最小的蒲公英,带着泉的甘甜和清冽活得地老天荒。田地里,几个农人在割红花草。也有的在翻耕新地,一个老伯告诉我,挖出的地,是要等清明前后种上花生的。田埂上迎面走来提着竹篮子摘菜回来的妇人,一篮子的辣椒、豆角、西红柿,令我垂涎不已。我喊着大姐大姐,把篮子借给我拎一拎。她倒也是爽快的,一把将篮子塞到我手中。新鲜的菜蔬,神采飞扬,带着来自大地的香味和心跳。

和老农一起挖红薯,和田里割稻谷的人一起踩响打谷机,看稻粒飞扬后结实落到了生活中。置身旷野,其实是一种更深的入世。在此地,人和物,循环生息。有一次,我去一个湖边,那时,紫云英快开败了,结出黑色的籽。鼠麴草鹅黄,连成一片,自在摇曳。干涸的泥滩中，停着几辆车，有孩子在放风筝。牛在吃草。一列丧葬队伍，穿过湖的另一边，隐进了山中。远山，山峰渐次变蓝。那一刻，人间的生和死，在交替。山丘之下，星空之下，旷野辽阔。坟茔和墓碑凸显。腐叶和枯枝静待轮回。我更愿意做的只是"我默默盯着它们 / 不为所动 / 不求安慰"。彼时，内心安静，为这大自然的旷达。也为身在青山碧水中有所顿悟而豁然开朗。它抵消着我的伤感。在这其中，河流、山冈、丘陵……都是一座座宝藏般的迷宫。

一只母鹿，藏身蒿草深处。一群灰雁于苍穹扑翅。一个种豆的人，低头耕耘。一片槭树叶，在寂寞中红。自然幻化，大野情深。这片旷野，纯净、温暖，充满了记忆，孕育着蓬勃的生长力量和光辉，暗合了我想要的气质。它呈现出的世相，农耕文明的脉络、民间文化根源，土地与人类相依存的法则，以及一部生生不息的时光之书都具有无穷的魔力。我来到这里，是作故地重游的寻访，也是对陌生新奇之所的探寻。就这样，一首诗，像草木一样，无拘无束，健壮活着，欣欣然。令人怦然心动。

在旷野中待久了，感觉到的、捕捉到的不是词语，因而进入一种得意忘言的境地。诗，有了本质上的简洁，留白。它们从大地这个母体里脱胎而来，更大程度上保留了事物本来的样子。散发着质朴之光，野性的自由之美。

子巡于野，何事悦之？我想也不过是"如果在旷野上经过 / 请将脚步放轻"。

二、植物学

惊蛰后，风变得柔软，万物装上了小马达，分分秒秒都在变化。

墙角边，繁缕开着小白花，还有蒲公英、婆婆纳、飞蓬、风轮菜、碎米荠菜，或安静或热烈，或朴素或灿烂，瞬间占据了大地。忘忧草、石楠、杜松、槲寄生，勿忘我，有共同的奇妙旅程。灌木丛、灯芯草、野鸭、白头翁，用植物的沉默和野禽的方言交谈。

一排篱笆上，苦瓜长得很专注，有时，因为无人采摘，而兀自黄了，裂开，露出里面包着一层红糖衣的籽。还有葫芦，绿色藤秧，在树篱上不紧不慢地走着，从《诗经》里攀爬出来，它浑圆、饱满，如结实的乳房，张扬着蓬勃的生命力。但葫芦花总是黎明开放，晚上就老了。它有个好听的名字，叫夕颜。

过了白露，还能在篱笆边、小路上、田埂里看见一片片开满花朵的野牵牛。这些花朵，蓝的像一个透明的梦，绯红色的，犹如一张故人的脸，绛紫色的，略带着忧郁的眼神。如果你注视它们，它们会轻轻地告诉你一些秘密。也或者它们抿着嘴，什么也不说，只是毫无防备地看着你。

在一个雨天，我在一幢百年老房子前，看见庭院中的一棵老桂花树，缀满了金黄的花朵。在小雨中，细碎地落着，铺满潮湿的青石板。香气在毫无顾忌地游走。那一地繁花，落了几百年。落花透出一种有思索性的忧郁，却又蕴含着的火一般的热情。为我们呈现出一种物的"存在"，强烈、深刻而有生气，在一个有限空间传递出了无限的生命气息。

前不久，在海口古村里，看见一棵两千多年的古樟依然活得蓬勃。因为一场火，它的树身已中空，形成一个巨大的树洞，内壁烧成焦黑色，却荡漾着一丝散淡香气。一种久违的感动和温柔满溢开来。生命的奇迹无处不在，呈现出忍耐与担负。得失之中，悲欣交叠。

一株植物就是一个有故事的人。它是时间之舟。也是时间本身。它从久远的年代而来，同时它也是现代的，活在当下。既古老又新鲜。被此刻的我们遇见。这之中，有一种神秘的交汇。我无数次观察它们、记录它们，和它们发生着秘密的共振。一株植物，根系深入泥土，果实、花朵、叶子、枝条向着高远的天空，自由、自然呼吸着生长着。风令它摇曳多姿，却不能掀动它。这就是诗。我写了大量的和植物有关的诗，比如《一只白蝴蝶停在豌豆花上》《日落橙树林》《植物学》等等，一半来自我的童年经验，一半来自经年持久的生命体验。

我的童年在一个叫叶坞的村庄度过，我经常一个人在田埂上坐着默默观察落日从橙树林滑进虚无，一朵豌豆花怎样在一秒钟里就蓝了，一个土豆慢慢变圆变大……小时多病，也有两次和死神擦肩的经历，以致性情变得木讷、呆笨。在和植物的交往里我会更从容自在些。事实上我一直试图从内心出发到广袤的自然中去，那里有善和美以及教诲。

三、山 居

最近读到北宋画家范宽，他重视到大自然中去写生，创造了中国山水画的高峰。他的一生，长期在华山、终南山等处生活，忘身于山川。这样的创作追求和生活方式是我所偏爱的。因此，读着多了几分欢喜和共通感。只有深入山野生活，才能栩栩如生地觉察到一种别具一格的生命经历。

有一年，我和几个朋友，到一个深山里的村庄去避暑。山中，乌桕、青榆、木樨，棠梨一树葱茏，一树凋敝，因为年久日深，而具得道高僧的模样。作为一种神秘的对应，溪坑边碎米荠菜、紫花薇菜、三叶草、芦荻暗含寻常生活的自然律令。在这里生活的人，朴拙、自足，愿望很小。

山里人家入睡得早，晚上九点多，山里就漆黑一片了。我们摸黑在村庄里游荡。虫鸣、流水声、夜鸟的鸣哇声，使得四野更加安静。我们闻到黑暗中山楂的味道。一树累累红果，在老房子边耐心地被风吹着。我们一开始兴奋地呼喊着，后来，不知不觉就沉默了下来。在我们抬头时，我们看见了满天星子，浩渺、凛冽，充满了神谕。它们中的消逝和新生、盛大、凋零、喧哗、沉寂都矛盾和谐地存在，互相依赖，又彼此孤立。

隐到田园去，无论时间流逝，有温度地活着。寻世间某一处，前有溪流潺潺，后有青山绵延，田地里种喜欢的菜蔬。心有涌泉，眼含止水。我想起1845年春天，梭罗在他的老家康科德的瓦尔登湖边建起了一座木屋过起了自耕自食的生活，并在这里写下了经典名著《瓦尔登湖》。徐迟先生说《瓦尔登湖》是一本健康的书，读到它的人会汲取到一股向上的精神。湖、春天、黎明、冬天的夜晚……人和自然的融合、万物蓬勃，生生不息。梭罗所呈现的寂寞、恬静、智慧的自然之境，在这混合着虚拟灵魂和真实血肉的国度里，删繁就简。这是人类共享的美，最朴素的愿景。

从田园山川、农夫野趣等平凡的日常中提炼诗意，看见那些低头生活在大地上的人摆脱困苦、艰辛的命运。我写过不止一首以《山居》为题的诗。它的起源在王维的《山居秋暝》，在陶渊明的《归园田居》中。字字皆在生成静待茶中落花、心里长草的轻松和自由中。我愿意我的诗呈现出这样的一个纯粹世界。温暖存世，具有穿越时空的能力，趋向澄明之境。它们是泥土、草木、河流，人心人性的本身。

四、鸟　鸣

听说漏底村的柿子红了，我们雀跃着而去。这是一个还保持着泥墙和黑瓦的村庄。村子里的柿子树都是有很多年数的。当我们抵达时，只见一树树红柿子，落光了叶子，只剩黑的枝干、红的果实，在雨中，遗世独立。它们就那样静静站在山野中，清冽、素简、鲜亮。情意浓浓，像一件爱到深处的孤品。鸟群在其间盘旋，我们停在一棵树下，听鸟在上面不停地欢叫，讨论着哪一个柿子更甜。那是一种怎样的奇妙，叽喳叽喳声，滴落下来，仿佛世间最好的蜜。鸟声密集，清脆、结实，听久了，灵魂出窍。

记忆深刻的，还有一次，我们在五湖村的枫杨林里听到的那种鸟鸣。枫杨林沿河岸密密延伸而去，高高的树干密密麻麻披覆着络石细小的花，繁星般，和整棵树合为一体。那些树，有百年以上的历史了，此时，却像一个身披繁花的少女，清纯而美妙。我们坐在石头上，闭目静神。浓浓的睡意席卷而来，在半睡半醒之际，有鸟鸣声从林子的各个方向传来。布谷的、野斑鸠的、啄木鸟的……耳朵里，心跳里，都是大自然的原色音符。我们听到的，不是古人听到的也不是后来的人听见的那一声。它像幻觉，却能真实地掀起聆听者内心的风暴。那些鸟鸣里爬满着青苔，爬满着时间的静谧，爬满着一无所有的纯粹。

我反复提到鸟鸣，是希望一首诗，能发出鸟鸣一样的声音。"它的声带里，淌着一条河以及众多支流"。也可以试着像鸟儿那样欢叫或苍凉地长叹几声,听一听来自宇宙的回音。那音波,在蓝色的空气中,一遍遍回荡。直至听见的人热泪盈眶,惊心于那音质的源头到底是什么。

五、杂事诗

从长塘大桥拐弯,过森林公园、地委党校,一路很多的小吃店、杂货店,然后就到了市人民医院。因为母亲的病,有一段时间我常常在这条路上来回奔波。信江岸边,枫杨树巨大,长满了槲寄生物,吐露清新的色泽。雨后,信江变得浑浊。有一种坠落风尘的苍凉。在市医院的另一边,除了小炒店,一溜儿大排档,还挤着一些花圈店之类。走在其中,气味是黏稠的。

因为麻醉药反应,母亲在支气管镜检查后开始剧烈的呕吐,脸色吓人。母亲说麻醉之后感觉不到痛了。但我知道痛觉消失了,痛仍在继续着。

和母亲同病房的另外两个病患,一个刚刚从死神那里挣扎回来,在医生已经判了几乎没有希望的时候,又奇迹般地逃过了死亡的缉拿。他的老婆庆幸着说:还好那时抱着打水漂儿的念头去赌一赌,到底是他命硬。"我那时什么不知道了。"他自己沙哑着嗓子说。他的嗓子坏掉是因为那天他在监护室时他老婆进去探望,不料因为过度劳累和担忧,她居然晕倒了。在她倒下去的那一瞬,他条件反射一样扯掉自己身上呼吸机的插管,爬起来去扶她。医生说他差一点儿就会成哑巴。他们有两个儿子,在村子里开一家农家乐。日子原本过得悠闲无忧。一场突如其来的病用掉了他们的积蓄。

另一个老人,六十多岁,一个人打针、做各种检查,为不知道如何在取片机上取自己的 CT 检查单而整晚失眠。在挂点滴时当我问他是否需要倒热水喝水时，我看见他眼睛里有泪花在闪。我回来的那个下午，医生给他挂了 JC 牌，专用的器物，连垃圾袋，清洁工也给他换成了黄颜色的。他想再住完一天就出院的愿望落空了。

因为舅舅的病，我再一次来到市医院，这次是住院部十一楼，肿瘤科。刚踏进医院大门就听见急诊科的楼道里传来号啕大哭声。那样的声音绝望、黑暗，令人全身起鸡皮疙瘩。依旧是很多陌生的脸在眼前晃动，他们一律脸色黯淡、神情疲惫，步履漂浮。在这里，每走一步每遇见一个病患，都会庆幸健康、平安的时日是那样的珍贵。舅舅躺在那里，挂着吊瓶，瘦削，骨节突出，脸盘蜡黄，整个人只剩下皮包骨头。一副被时间榨干了油水和血肉的干柴，还在坚持着要点燃生命的火焰。时间，像一口古井，他们掉进去，一直匍匐在想要攀爬而上的井壁。

从市医院出来，夜幕渐浓，信江两岸，灯光闪烁，那些高楼里的扇扇窗户，透着温暖的光。江水在灯光下，有着眩晕的幻觉般的波纹，粼粼流动。像一个日子推挤着一个日子，一个生命化生着另一个生命。我依旧经过来时的那些水果超市、大排档、杂货铺、花圈店、学校、森林公园。22 路、8 路公交班车依旧在循环。没有什么能让时间停下脚步，即使死亡。江边的枫杨树，一挂挂发辫般的翅果，绿得晶莹剔透。带着人间最大的喜悦。那些榍蕨，爬满树干，旺盛极了。生命和生命互相培育、滋养、依赖。那些生老病死，在继续。

在这期间，春天加深，雨水来了，月亮圆了、缺了。萝卜花高出了田垄，蕨草、野蒜，绿得耀眼，满山长满蘑菇。几十只麻雀停在电线上，又飞走。时间是一条导火索，一边燃烧一边熄灭。没有什么能阻止万物在生长、轮回，亦没有谁能够占卜到底有哪些，无法如常度过一个个晨昏。这里面，存有永恒的哀歌以及一瞬的安慰。

"这是大地上／说不出话／用力续命的词语。"在人、事、物构成的自然之境中，我写出的是诗，也可能是一种终结关怀或慈悲心。

群峰之上——自然写作十家诗选

北乔诗选

诗人档案

北乔,江苏东台人,诗人、评论家、作家。出版诗集《临潭的潭》、文学评论专著《诗山》《刘庆邦的女儿国》《贴着地面的飞翔》《约会小说》、长篇小说《新兵》《当兵》、小说集《天要下雨》和散文集《营区词语》等十余部。曾获解放军文艺大奖、全军文艺优秀作品奖、海燕诗歌奖、武警文艺奖、乌金文学奖、三毛散文奖、林语堂散文奖等。

麦积山

需要多少麦子
才能堆起这座坚硬的山
走在人间的粮食
仁慈中也有沧桑的情怀
登上高处，俯瞰众生

佛国，与大地只有一个麦垛的距离
一尊尊佛，各异的表情里都有
意味深长的沉默
迎风而立，任时光流转
这些麦子讲述另一种永恒

一切正在进行，包括开始与结束
漫长而孤独的守护
暗红的沙砾，记下了一切
炊烟与白云一起走向天空深处
生命在宁静中端坐

祁连山下

祁连山就在那儿,不需要坐标
冰雪的高贵,在众生的敬意里
漫长的等待,交给一棵树
流水只负责寻找马蹄声
马鞍,在草丛里无语独坐

从甘州到张掖,棱角分明的
思想从岁月里走来
丹霞地貌一改山的稳重,纵情狂欢
湿地里燃烧七彩火焰
祁连山把时光丢在一旁

从山顶走向旷野
天上的星星在泉眼里找到家
不需要仰望
这里的土地比古籍里的文字松软
根,都聚集在祁连山下

高原，风的胸膛

青稞穿过覆雪，喜极而泣
柔嫩的躯体，羞涩少女手中的刀
大雪漫山，怀抱春的记忆和冲动
横卧在岁月长路上的枯木
神情凝重，飘飞的经幡引它入梦
一束光，一匹马
牧羊人祭拜山之神灵
身后的炊烟扑向湛蓝的天空
大海里升起船桅，孩子的一声啼哭
让冬季的高原安静、辽阔

冬天，阳光是高原的猎人
黑暗之剑恣肆勾画图案
岩石从梦中惊醒，泪水婆娑
大地如退毛的羊，满脸晚霞般的羞愧
淡定咀嚼的牦牛，把喘息伸进地下的草根
高原若有所思
任由山谷爬上山顶，虫子慌张苏醒

一切都无关紧要
河流迷失在时光里，没有任何的伤感
沧桑的老人打着哈欠坐进墙角的阳光里

高原，总是属于冬季
如同一个中年男人
表情肃穆，或孩子般的天真
那些伤痕，潮红的唇印
心中的苍凉，总有温润低吟浅唱
山顶上的箭镞，庇护苍生万物
将士的热血在清晨，在黄昏
在经幡与天地的对话里
格桑花开满山坡
孩子们摇晃高原的沉默，一只羊
盯着白云，羊角上挂满风

伏地的朝拜者，灵魂立成路标
漫漫长路，只在平和的呼吸间
河流掖藏夜晚的秘密，沉寂呼喊
红尘栖居山谷，丛林里
月光正在寻找千年万年前遗落的身影
那些枯枝落叶，开始怀念狼的嚎叫
高原是海，飘浮所有的乡愁
满天的星星，是我们丢失的目光

白天回到夜的故乡
无数的叹息流浪在薄雾无痕的脚步里

高原之夜

夜幕如期降临，星辰浮现在大海之上
狼的寂寞，被放逐的思想，连同
那些经年不解的秘密
高原的额头停泊在沉默的明亮里

青稞酒一边回忆大地的温存，一边
寻找失眠的人
能装下月亮的酒杯，此刻
容不下一只眼睛

一个人把月光缠在脖颈，吊在夜空
牛羊肚里的青草
正在讨论黑夜尽头的那盏灯
谁能把灯点亮

黑马站在一棵树下，黑色的毛与黑色的树叶交谈
风的颜色，月光的声音，以及
高原和人类沉睡中的阳光
话语挤进岩石缝

格桑花的呼吸里，高原默念经文
整个夜都在想念河流的行走
人的脚印，动物的脚印，高原的记忆
相互拥在一起取暖

我在阳光浩荡的时刻闭紧双眼
高原之夜款款而来

甘蔗，或苦丁茶

这条路终于迷失于绿色之中
一群脚印，有的回到沉默
有的想起从前荒芜时的自由
山顶坐在阳光的梦境里

谁也分不清甘蔗与苦丁茶
距离，可以消除一切的界限
甜与苦的意味
与舌尖有关，也无关

一截甘蔗，一杯苦丁茶
都可以让味觉苏醒
那些快乐与悲伤
在身旁，也在远方的远方

糖都，苦丁茶之乡
这个叫崇左的地方
因此无比真实
收藏了人间所有的神秘

瀑布心经

一条又一条瀑布在崖壁
回忆飞翔的过往
岩石泪流满面
野草举起无数明亮的眼睛

此时的人间
阳光的脚步作响
源源不断地，还有
梦里无比安静的那一部分

记住了，不会忘记
在广西崇左有德天跨国大瀑布
原本虚弱的想象
这一刻，如山一样的强壮

多条瀑布汇合于大地
小河在两个国度之间漫步
没有了故乡与他乡
竹排，成为一条又一条的鱼

大运河，你的河流，我的丛林

燕子优雅地掠过，水面
和我的童年一样不再沉默
浮萍载满我的目光

鸟儿们在芦苇丛中鸣叫我的心思
路的尽头有我的想象
站在岸边,我只想游到对岸
门前这条河,来自何处
我从没想过,就像我从不关心
祖父的祖父是何方神圣

多年以后,我双脚踏进大运河时
我听到阳光穿透我身体的声音

远走他乡,村口老槐树的叶子
正在讲述大地的故事
月光传来缕缕槐花香,味道有些青涩

回家的路,错乱在少年的骚动里
大运河就在身边,一条船
就能让我到达母亲淘米洗衣的地方
我
跳进家门口的河
站在大运河的水里

今夜,窗户一片潮湿
不是雨季,没有下雨

我是祖先生命的延续
可他的背影早已如陆地沉入海底
我血液里流淌大运河的
沉默、力量、传奇、荣耀，一切
我与大运河没有故事
大运河的传说
让我在陆地上留下足迹
升腾、弥漫的雾气
是河床对天空的深情诉说

夕阳下，炊烟袅袅
一柱柱火焰在奔跑

一位姑娘在河边洗头
披散的头发
打开了母亲的忧伤
一条运盐船正驶向大运河
洁白的盐粒，有我祖先的记忆
还有大运河的苍凉
水草伸出无数的手臂
抚慰河水的寂寞与冲动
我站在桥上
看着一条鱼怎么被淹死

庄稼地里的那把镰刀
正在收割大运河留给大地的念想

我不会沿着大运河从南走到北
大运河，一直在我身体和灵魂里行走
我不会告诉你河底铺满鲜花
因为那里有我所有的秘密
两岸的人家，是大运河
在陆地上的化身
如歌的流水，惊艳时光
敞开的大门里
奶奶在为孙子穿衣裳

灯火通明的城市夜晚
大运河正在这片森林里潜入梦乡

经过一片稻田之后

镰刀是船，草帽为帆
稻浪前所未有地颠簸起伏
在这场盛大的典礼中

土地是至高无上的主角
倒下的稻子，弯腰的收割者
还有走向苍茫的我
都无暇顾及一朵云是怎样挂在枝头的
稻草人还穿着去年的衣裳

我听到一粒稻谷爆裂的声音
我看到一粒稻谷落向大地的全过程
一串稻穗与另一稻穗的爱情
即将成为人间烟火的一部分
我走过稻田，认真地陪稻子走一程
不会走路的稻子，陪我走一生
已经忘记有多久没下雨
路上，我是一株默默行走的稻子

莲花山，一座巨大的灯盏

坚硬的石头，盛开一朵莲花
时光托起绽放
在斗转星移的缝隙写下
永恒

大地最坚固的肉体
柔化众生的目光
莲花山，以静止
显示人类之外的另一种时间

这傲世千年万年的花朵
是在等一个人的到来
还是在期待一本经书的打开
这是风才能知道的秘密

事实上
在这个叫冶力关的地方
莲花山，是一座巨型灯盏
人世间的善念，是它的火焰

滩涂上的鸟群论道

海水退去，极不甘心
阳光重新在滩涂上找回脚印

东台条子泥的鸟儿已经闻名
落下来，寻找大海遗落的消息
片片羽毛都是天空的脸庞
小爪轻轻安慰无法飞翔的泥泞

一群又一群，数不清
就像数不清的人间美好
不需要听懂它们隐语般的歌唱
站在鸟鸣里
被巨大的宁静所庇护

每个人都可以从鸟群找到自己
逝去的，向往的，此时此地的
心里渐渐辽阔
可以安放天地人间
那块沉重的石头轻如云朵

此刻席地而坐，就是
多年来羡慕不已的那个人

飞在空中的鸟群，重现
大海远道而来的朵朵浪花
这个距离刚刚好，不远不近
只隔着一声有力的心跳

词语已经站在舌尖

冶木河

山中小镇的这条河叫冶木河
很长时间,我都不在乎这个名字
只是说,冶力关镇的那条河
我喜欢站在桥中央
河的两岸只是两岸
没有此岸与彼岸
我想成为第三条河岸
远处的民居一派江淮风情
可这里羊儿的眼睛里
格桑花在引诱蓝天白云

所有时间的肉体都沉默不语
所有色彩的舌头都失去味觉
所有狂欢的脚步都软弱无力
我只能左手抚着栏杆
我的右手丢在了身后的春天里
我没有手向河里扔石子

只能恶作剧地把一堆记忆砸向水面
冶木河给我的是
明天清晨我的心跳
还有昨天那痛击我的想象

我希望在夜晚走近冶木河
光影暧昧　小镇像不谙世事的孩子
此时，下午的四五点钟
黄昏还在赶来的路上
岸边的，是不是我
我不敢确定
水边的树正在用根须刺探河流的秘密
这个小镇的七月是温和的
同样温和的阳光潜入水里
打捞我的身影

落　叶

落叶，秋天
大地上的日月星辰

人们快乐地寻找迷路的眼睛
时光被抛在一边
小狗小猫格外
亲热,像失散多年的兄弟

绿的,娇气
黄的,温顺
红的,热烈
紫的,梦幻

没人在意落叶的忧伤
没人会想到落叶的疼痛

谁也不会认为
眼前是落叶的坟场

某日清晨

某日清晨,一朵荷花截住我
讲述夜晚水的梦
这是一个事件

我不是那个失眠的人

栏杆与阳光缠绵
月光只能与月光一起寻找失踪的人
有一辆马车在收拾小镇的心情

晨光中的蒲公英
昨天,牲口唇边仓皇逃生
今天,又把自己想象成
在水边洗濯心情的白衣姑娘

烈日会来
让一切魂飞魄散
大风也终究会来
按倒一切的蠢蠢欲动

昨夜的那场雨
只是打湿了雨本身
昨夜有雨吗
雨也不知道

我寻找一个失眠的人
但愿那个人是我
而我

从来都不可能失眠

暮色中的花朵

我目送夕阳，明亮缓缓归隐
夜从山后自恋地爬上来
一群羊背着暮色走向围栏
高高挂起的马灯，脱光了衣服
迫不及待地与夜晚缠绵
花朵记住了羊的咀嚼声
这会让它的长夜更加寂静

风，躲在花朵里
牧民的话语丢在花朵里
蓝天白云的目光，醉在花朵里
姑娘的歌唱，在花朵里飞扬
孤独人的呼吸，在花朵里寂寞
时光的脚步，在花朵里歇息
我想用暮色清理花朵里的所有
独自住进花朵里

暮色，比我还慌张

羞涩地张望花朵的脸庞

花朵仰望天空，暮色走后

把一切交给河流

清晨时，薄雾洗去梦中星星的碎片

阳光重新勾勒世界

花朵忘记了所有，只看到时光静寂而来

我，还站在暮色中的花朵旁

山的脚步

那一声鸟鸣抓碎了阳光

每一片树叶都在为清晨代言

石头上的苔藓把昨夜的梦

交给露珠，轻雾俯下身子探问

正在从黑暗中苏醒的色彩

四处张望，寻找风的身影

一个孩子从丛林走出

手里捧着月亮和还在熟睡的童年

山把最真的表情举向天空

私语，伸入大地
笔直的树干，自在的树枝
鲜花青草，以及
再也不属于生命的足迹
山坡上聚集整个人间
谁能看到山在行走，就可以读懂呼吸的节奏

树，或者树下

我朝山顶的树走去
身边有数不清的树，大树，小树
脚下
干枯的树枝发出裂脆的声音

山顶的风很大
树叶在欢呼，或在战栗

树上蓝天白云
树下是我
我想盘腿坐下

可
远处有人叫我快些下山

头顶以外的天空

天空的脚步,没在飞鸟的翅膀上
留下一抹蓝色
我的呼吸,在天空之下
在头顶之下,从耳畔滑过
大海边,身影拥有一种蓝
贝壳,如此洁白
如同坐在山尖的雪
奔波的路上,阳光拍打皮肤
汗水与泪水,谁更咸
那条鲨鱼,尾随身后

手高高举起,切割天空
掌心里有鸟鸣
灵魂的尖叫,献给昨天的想象
思绪在风中结成六角形的雪花
清晨到黄昏

一片云,被燃烧
我开始寻找那头山羊的微笑
这棵树,盖住我的头顶,堵住我的路
壮实如一座山
天空下,站立一位禅师

我坐在山坡上

高原的群山
绸缎优雅地在风中舒展,没有阴影
此时很温暖,不需要爱情,或憧憬
花儿兴奋,羞涩的是草
远处那群孩子,也是如此
一只羊,一头牦牛
唇边挂满冬季的回忆
我坐在山坡上,目光扔在山谷里
放松的影子,总想爬上更高的山坡

虫子在轻松鸣叫
在花蕊、草尖、泥土里
我不知道,我也不可能知道

地下河的熟睡，是大地的梦
还只是天空的想象
世界是大家的，这重山是我的寓言
我坐在山坡上，坐在小船上
冰冷的海水也有温柔的安抚

这个白天，比深夜还宁静
我能看见月亮，月光躲在回忆里
有棵树，和我一样
风在远方，其实一直在身边
看到的伤痕，只是一朵花
这些花草，被我压着
是疼痛，还是幸运
牛、羊，正在期待我的离开
我坐在山坡上，双腿盘绕
那些年，祖父常常这样坐在树下

一片雪花，谁的悲伤

天空阴沉沉，夜的海倒挂
昨晚的月光陷在哭泣里

花瓣成为泥土的一部分
枯叶随流水而逝,没有归途
屋里的炉火,温暖不了门外的人

雪花是风的肉身,还是
风是雪花呼啸的灵魂
一封信被撕碎,文字染黑天空
白的,苍白的血液
绝望的目光,一路凄凉

一片雪花落在我手心
没有想象中的那样透明
满含泪水,这是谁的悲伤
我还没来得及问
雪花便不见了

我竖起衣领,双手插进口袋
走在无人的路上
只能不停地走下去,我知道
要不了多久,我会是天地间
最大的一片雪花

整个冬天
都不会融化

走在高原的山间

带一把折扇
走在高原的山间

山外尘世
山里禅境
高原风穿过身体
一半今生,一半来世

羌笛,二胡,牧羊人的歌谣
天地只有海的旋律
日月星辰
挂在草尖的露珠

想念有雾的清晨
想念有雨的夜晚
那只藏獒
掠过花地钻进草丛
天空便有了无数的霞光

花草在驱逐寒冬的恐惧
那些石头怎么也记不起家乡在哪里
经幡飞扬
在为雕塑的羚羊祈愿

平缓，陡峭
生命跨过灵魂虚掩的门
谁是守门人

创作谈

一切皆为自然

一

我是在农村长大的。当年的村庄还在，我几乎每年都要回去看一看，哪怕只是在村里走上几步。巨大的变化，时常试图涂改我的记忆，这些年来，村名都变了数次。我在坚守我有关这座乡村的往昔，就连名字我也一直唤"江苏东台三仓乡朱湾村"。这地名，也成为我诗歌、小说和散文里的故乡所在地。时而真切存在，时而呈虚构之象，但我生命的乡村血色，从没有被稀释。在心灵里回到乡村的机会会有许多，最为显著，或者说最易浮现的，是村里的老槐树，开阔的庄稼地，门前的那条河。是的，大自然中的万物如此的鲜亮。乡村人常把孩子称为"泥猴子"，这在我们小时候体现得淋漓尽致。每天把自己扔进田间地头、草垛里、小河边，总之，但凡村里的角角落落，没有我们不想去的，没有我们没去过的，一天下来，浑身泥，活灵活现的"泥猴子"。

不知道是不是从小与大自然亲密相处的缘故，在我的人生之路上，每逢重要转折时，我都会走进大自然，做沉默的交流。

我一直引以为自豪的是，高中三年，我坚持每天早上跑步，从未间断。我父亲对我的学习十分在意，总以高压政策督促我用功再用功，对学习以外的事一概严厉杜绝。没办法，我只能偷偷地练体育。根据我的身体素质，我选中的专业是中长跑。每天早上4点，我悄悄地从后门溜出去做准备活动，搞辅助训练和跑5000米。1小时后，再悄悄地进门，佯装刚起床早读。开门不出一点儿响声，我有经验，但弹簧锁常常害我，一不小心就被关死了——现在想起来，那时我也真够笨的，居然没想到配把钥匙，不过，想到了我也没钱。不管春夏秋冬，我从家出去时，都只穿薄薄的运动装，回头时脱得只剩下短裤。因而，在冬天时，门一旦被我锁上了，我只能祈祷天早点儿亮，我父亲早点儿起床早点儿上班——他有比别人早到单位一小时的习惯。我得在我看到门而我父亲看不到我的地方，苦苦地寻找机会偷偷溜进家。许多次，天冷得要死，出过大汗的我就这样守候着。三年里的每个早晨，无论风雨霜雪，我都是4点起床，跑步和练体能。

1986年的4月，我到县城参加体育高考预考，却因意外受伤而折断了梦想的翅膀。当天，我离开了县城，没回家，而是来到距我家并不远的海边，在那儿坐了一夜。那一夜，我听着海浪声和穿过茅草的风声。天亮后，当我起身离开海边时，我知道了，从此无论什么样的挫折，我也不会当回事儿了。

2001年年底，我第一次到达北京以北的地方，真正的北方哈尔滨。那时，我心情不好时就会在一片荒地上溜达，踏冰雪，嗅草香，看野花，把玩落叶。某一天，我对自己说，没关系，有了这段经历，从此，在什么样的人群里，我都能安然。

到了2016年10月，我前往甘肃甘南藏族自治州临潭县挂职。在高原上的三年，但凡心里不舒畅时，我就会爬上住处附近一座不高的山，站上半个多小时。

二

在临潭时，我曾写下了如下一些文字。

　　临潭所在的高原，绝大多数地方，群山簇拥，但都不太高。当然，这些山已经站在高原这个巨人的肩膀上，绝对高度还是很厉害的。不高的这些山，敦实、仁慈，几乎没有树木，像一个秃顶、富态的中年男人。身处其中，旷野之感扑面而来，在身体里鼓荡。高原以一种温和的表情，让你自发地生出渺小的感觉。一个人来到这里，你就是高原的主人。辽阔的高原，静若处子。群山无言，神情憨厚。它让你孤独中有感动，渺小中有坚韧，静寂中有温暖。

　　到临潭挂职是我人生的意外，开始习诗是我写作的意外。意外总是在事前，一旦经历之后，我发现人生并没有意外，一切都是有缘由的。我与高原没有约定。此前，尽情舒展想象，我再怎么着，也不会想到有一天，会走上高原，走进高原。某一天，或者是现在，我才意识到，高原一直坐在我的心头。

　　翻山越岭下乡的路上，如果车里只有两人，司机和我，一般的情形是，司机专心开车，我坐着，目光如山顶的阳光一样的缥缈。这时候的我，是潜在内心的那个我。这也是真我，但让我无比的陌生。

　　走在高原的山路上，我们会把自己的心情和思想抛给身边的大山。然后,我们以为看到了大山的一切。其实,我们看到的不是山,而是我们自己。

世界有多丰富,我们的心就有多丰富。说不清,是世界大,还是我们的心大。

我们的心装下了整个世界,还有世界以外的那些世界。

世界将我们揽在怀里,我们无法挣脱,心飞走了,没有肉身的相随,心是孤独的。没有心的肉身,只能是一堆肉。

我从没有在高原的漆黑中走过,因为再黑暗,我可以是自己的一盏灯,一束光。

大大小小的雪,已经下过几场。树以坚韧和执着,努力不迈入冬的门槛。阳光从深邃的蓝色中倾泻而下,仿佛要珍惜分分秒秒与树叶倾诉话别。枝头的叶子,显得有些沉重。这里有生命的记忆,也有时光的重量。一枚叶子,经受过雨水的浸润,阳光的私语,风的拥抱,还有时光的行走。它从时光深处而来,感受时光的力量,最终又将回到时光的深处。叶子,是时光河流中的一条船,载着我们的生活,驶向我们无法预知的码头。叶子这样一片羽毛,离开枝头,作最后的飞翔,在大地上腐烂、消失,走向另一种存在。只是,不知道来年的新叶,有没有带着旧叶的记忆。

时间是连续的、完整的,只是被我们碾碎了。钟表的指针,在向我们展示时光脚步的同时,也在切割时光。那秒针、分针与时针,在嘀嗒声中,一次又一次用剪刀剪断时间。我们无法留住时光,而逝去的时光,从没有消失。更何况,消失,本就是另一种存在。时光的无形之手推着万物向前走,然后它隐藏在风中、河流里,在我们额前刻下皱纹。记忆上沾满时光的碎片,一片落叶,一根芦苇,一声叹息里,都有时光的印迹。即使在黑暗中,时光依然闪烁光芒。我们把时光之镜打翻在地,无数的碎片,或含着太阳的光泽,或潜入大地。某一天,时光又将我们打回原形。

时光无处不在。无形的时光,总是借助有形的物体现身。事实上,我们在想念虚幻的同时,也总是以具象的事物留住时光的痕迹。虚幻与具象,在我们不经意间合为一体。一封信,熟悉的文字早已与血液流在一起。那些文字以外的想象,站在文字之上,鲜活而清晰。这些文字只是时光的守门人,在文字的背后,在那些空白处,我们的记忆像庄稼一样茂盛。

时光的步伐是恒定的,一如它的永恒。川流不息的人潮中,时光似乎也是急匆匆的;一条坚硬的水泥路,仿佛凝固了时光。当人潮流动在水泥路上时,时光一下子提速了。如果我们的心情是悲伤的、失意的,完全可以让眼前的一下静止。那一刻,时光已经不在。快或慢,是我们心境一厢情愿的扭曲。我们的感觉,很难与时光精确同步。

河流以流动的方式储存时光,深藏众生的生死悲欢,从不会主动向世人讲述岁月的故事。河水越深,之于我们的神秘和敬畏越多。河底以及淤泥里,是一部动静合一的历史。我们只有打开自己的灵魂,从浪花中读懂河流的秘语,才有可能进入它记忆的内部。河流，是生命莫测、人世无常的象征。面对河流，从诗人到不识字的农夫，都能顿生许多感慨和体悟。涌动的河流，如此。一旦水面平静如镜，更会增加神秘感。尤其是我们面对一条陌生的河流，它越安静，我们的恐惧感会越强烈。

来年，这片土地上，青稞又会泛绿，土墙会更加苍老。以前，土墙目睹一批批人站起来，倒下去，而今，注视青稞的生生不息。看来，土墙注定了如此的命运。我的到来，是我一次生命的意外。之于土墙，总是遇见这样的意外。它在这里，似乎就是为了见证无数的意外。只是，没人可以知道它内心的那些秘密。这些秘密来自大地，也终究会回归大地。

在漫长的时光面前，我们每个人也只是一截从土里站起来的土墙，走过一段与土墙类似的经历。然后，与土墙一样倒下，倒进那处所。唯一不同的是，我们一生在奔跑，而土墙经年静静地站立。

不，谁能说土墙静而不动？或许，真正一步未动的是我们，土墙一直在行走。只是，在我们的视线之外，在我们的理解之外。毕竟，我们对世界的认识少之又少。世界巨大的部分，在我们的目光和意识之外。

太阳西斜，土墙、老人落在地面上的影子，就像是长出来的一样。在夜晚的宁静来临之前的这个时候，另一种宁静铺满天空大地。不需要用心感受，试图让目光穿透黑暗，这是可以清晰可见的宁静。如果没有惆怅，这样的宁静，其实是再好不过的安详。万物的悄无声息，是彼此相约定的肃穆。一切就在眼前，一切又在我们视力无从抵达的地方。这一刻，我读到了哲学的奥义，人生的所有情绪都在无声地诉说。

在临潭的日子里，几乎每天我都会和一截土墙相遇。这截土墙，在高高的水泥墙面前，显得更瘦更呆。挨着大理石贴面的门楼，土墙标准的灰头土脸，就是边上的红砖墙也有些趾高气昂的劲儿。这让我想起了我初进城时，也就土墙这副模样。墙根处的青草长得有些肆无忌惮，这是它们独有的权利。砖墙下是水泥地，即使是土地，长草也会被视为不整洁。没人和土墙边的野草过不去，似乎野草在这里安家、生活是天经地义的。事实上，野草与土墙在一起，画面相当和谐。看来大自然万物之间总是可以亲密相处的，有着属于自己的法则。我最喜欢稍稍低下身子，由墙往上看墙头的草，草上的云朵。我喜欢看着这画面，没有原因。我们常常追问原因或真相，那是因为我们遭遇太多不知的原因和真相的人和事。分析原因和探求真相，恰恰说明了我们的无知以及恐惧，以少之又少的结果来遮盖内心的虚无。土、草和云，我看着就是舒服。某个午后，夏天的一个午后，阳光充足，我的情绪也相当饱满。我很想坐在草地里，或者挨着土墙坐下，再或爬到墙头，像小时候那样晃着腿，看着远方。冲动有了，但同样不知为什么，我始终没能这样做。我渴望与土墙近些再近些，但就是做不到。土墙有土墙的故事，我也有我的故事，只是我与土墙再也没有共同的故事了。

《临潭的潭》中的"临潭"，与甘南藏族自治州的临潭县有关。我在临潭这片高原上生活、行走、思考，差遣文字。又毫无关系。

站在一处水潭边，世界和灵魂都会荡漾，那些体验之后的呼吸，那些自然与生命的对话，那些潜伏于灵魂深处的黑与白，在某个瞬间涌动为精神之潭。一切是抽象、游离的，一切又是全真的具象。

站于潭边，水里的身影，是属于我们的，还是潭的一部分？

清澈的水，越清澈，越隐藏我们的未知。以为看清一切，其实这"一切"微不足道。

我们对高原，总是陌生而熟悉。高原独特的风光和隐秘，在我们的想象之外，又在我们的日常生活之中。

高原，充满人生寓言。我的人生，你的人生。

我们走进高原，就是在走进我们自己。

高原的空寂，有时就是荒原的悲怆。

站在茫茫的草原上，可以是无限的自由，天地唯我。也可能是极度渺小，无力。

我思故我在。

其实，思不思，我们都在。

我们心中的水潭，也一直都在荡漾。

之所以引用如此多的在临潭写下的文字，是因为我的诗路是从临潭起步的。那里的山山水水、大地万物，启动了我的诗意。

三

再次回到北京，在我家和单位之间有一处公园。上班时，我走出小区没多久就进入公园，出来后下地铁出地铁再走一小段马路，便到了单位。公园里的那条小路人很少，我可以清晰地听到我的脚步声，集中注意力时，还能听到自己的呼吸。我一直认为，走在这段小路上的我，才是真正完全属于自己的我。所以，我尽可能避免遇到人，更不愿意碰到熟人。我会经常用手机拍花花草草，拍大地拍天空，拍出我内心的情绪和图景。

写诗，注重大自然的气息和灵性，注重画面感，这与我乡村生活有关，也是我爱摄影有关。但究其根本，还是得益于我对大自然的认识。我们总在说，要敬畏自然，要与自然和谐相处，要爱护我们的家园。其实，根本上，人是大自然的一份子，万物皆有灵。诗，是神性的，但诗又是从大地里生长出来的。大自然处处有诗意，关键是我们能否遇见。

文字，似乎无所不能，文字又不能包揽一切。还原总会有缺失。缺失的部分，是空白。而空白，就拥有无限的空间。这与中国画，有相通之处。黑里有白的全部，白是黑的另一种表现方式。

我对中国文化中的意境、象征、意象、留白等感兴趣，因而，我的诗，总希望运用或凝聚某种因物而生的意味。我觉得，这是诗意的重要组成部分。

我偏爱画面感以及某些意味。物，是万物。大自然的神奇、美妙，是我们享用不尽的。人，只是万物中普通的个体。人的生存和生命，又总陷于巨大的困境之中，无时无刻面临无从挣脱的巨大压力。

诗，当是自然之物。

冯娜诗选

群峰之上 —— 自然写作十家诗选

诗人档案

冯娜，女，生于云南丽江，白族。毕业并任职于中山大学。中国作家协会会员，广东文学院签约作家，广东省外语外贸大学创意写作中心特聘导师。著有《无数灯火选中的夜》《寻鹤》《唯有梅花似故人——宋词植物记》等诗文集多部。作品被译为英语、俄语、韩语、日语等多国文字译介海外。参加第29届"青春诗会"。首都师范大学第12届驻校诗人。曾获中国少数民族文学骏马奖、华文青年诗人奖、广东省鲁迅文学艺术奖等奖项。

寻　鹤

牛羊藏在草原的阴影中
巴音布鲁克　我遇见一个养鹤的人
他有长喙一般的脖颈
断翅一般的腔调
鹤群掏空落在水面的九个太阳
他让我觉得草原应该另有模样

黄昏轻易纵容了辽阔
我等待着鹤群从他的袍袖中飞起
我祈愿天空落下另一个我
她有狭窄的脸庞　瘦细的脚踝
与养鹤人相爱　厌弃　痴缠
四野茫茫　她有一百零八种躲藏的途径
养鹤人只需一种寻找的方法：
在巴音布鲁克
被他抚摸过的鹤　都必将在夜里归巢

尖 叫

这个夏天,我又认识了一些植物
有些名字清凉胜雪
有些揉在手指上,血一样腥
需要费力砸开果壳的
其实心比我还软

植物在雨中也是安静的
我们,早已经失去了无言的自信
而这世上,几乎所有叶子都含着苦味
我又如何分辨哪一种更轻微

在路上,我又遇到了更多的植物
烈日下开花
这使我犹豫着
要不要替它们尖叫

群　山

雾中的山叠在一起　是一副完整的器官
每座山都有秩序地起伏、吐纳
当其中某个想要站立起来　逃脱大脑中的雷达
它们便撕心扯肺地动荡
将峡谷的利爪钉向深渊

群山涉水多年而不渡
蜂巢引发耳鸣　这寂寞忽远忽近
春天随之带来痼疾
迫使大地拧开胶囊中的粉末
相互传染的痒
让它们遍体花束　如象群的墓冢

它们一动不动
无数光阴降临而无处停栖
无数雨水落向深涧却无可托付
我们在雾中看山　不知老之将至

出生地

人们总向我提起我的出生地
一个高寒的、山茶花和松林一样多的藏族聚居区
它教给我的藏语，我已经忘记
它教给我的高音，至今我还没有唱出
那音色，像坚实的松果一直埋在某处
夏天有麂子
冬天有火塘
当地人狩猎、采蜜、种植耐寒的苦荞
火葬，是我最熟悉的丧礼
我们不过问死神家里的事
也不过问星子落进深坞的事

他们教会我一些技艺
是为了让我终生不去使用它们
我离开他们
是为了不让他们先离开我
他们还说，人应像火焰一样去爱
是为了灰烬不必复燃

棉　花

被心爱的人亲吻一下
约等于睡在 72 支长绒棉被下的感觉
遥远的印度，纺织是一门密闭的魔法
纺锤砸中的人，注定会被唱进恒河的波涛

炎炎烈日的南疆　棉铃忍耐着
我想象过阿拉伯的飞毯
壁画中的驯鹿人，赤脚走在盐碱地
只为习得那抽丝剥茧的技艺
——遗忘种植的土地，如何理解作物的迁徙
身着皮袍的猎人，披星戴月
走向不属于自己的平原

豫北平原，被手指反复亲吻的清晨
一个来自中国南方海岸的女人
脱下雪纺衬衣和三十岁的想象力
第一次，触摸到了那带着颤声的棉花

树在什么时候需要眼睛

骑马过河没有遇到冬的时候
小伙子的情歌里雀鸟起落的时候
塔里木就要沉入黄昏的时候——
白桦们齐齐望着
那些使不好猎枪的人

劳 作

我并不比一只蜜蜂或一只蚂蚁更爱这个世界
我的劳作像一棵偏狭的桉树
渴水、喜阳
有时我和蜜蜂、蚂蚁一起,躲在阴影里休憩

我并不比一个农夫更适合做一个诗人
他赶马走过江边,抬头看云预感江水的体温

我向他询问五百里外山林的成色
他用一个寓言为我指点迷津

如何辨认一只斑鸠躲在鸽群里呢
不看羽毛也不用听它的叫声
他说,我们就是知道
——这是长年累月的劳作所得

杏　树

每一株杏树体内都点着一盏灯
故人们,在春天饮酒
他们说起前年的太阳
实木打制出另一把躺椅,我睡着了——
杏花开的时候,我知道自己还拥有一把火柴
每擦亮一根,他们就忘记我的年纪

酒酣耳热,有人念出属于我的一句诗
杏树也曾年轻,热爱蜜汁和刀锋
故人,我的袜子都走湿了
我怎么能甄别,哪一些枝丫可以砍下、烤火

我跟随杏树，学习扦插的技艺
慢慢在胸腔里点火
我的故人呐，请代我饮下多余的雨水吧
只要杏树还在风中发芽，我
一个被岁月恩宠的诗人　就不会放弃抒情

菩提树

是一片深绿的扇子
在高高的石阶前　不捕风
只有疏落的影子
第一次路过它们　用手碰了碰树干
植物的回应是一只受惊的鸟
耽于长路前片刻的阴凉
我们都一屁股坐在它的脚趾上
因为不知它的名字　我并未惭愧于自己
没有一颗琉璃的心

高原的风

一匹马跑过来　请它制服我
让我听到铃铛乱响　不再毫无头绪钻进蜂巢
还有不远处的荞麦花
不忍再打断她们石白色赭红色的交谈
我耐心地等待藏历的新年
他们从皮囊里抽出明亮的藏刀
我与星星都跟着闪了一下　再一下
看月亮磨成磨盘
奶白色的雪顺着淌下来
酥油被我舔冷
再过上三十天　我会从山坳最深的地方
把高原的心窝子都吹绿

短　歌

穿过众多枝条，阳光逐渐可以承受美好的事
我将成为一个容器，啜饮北部湾的清水
"不要和鲜花一起睡"
在浇灌中，我会获得动物的警醒和它们温和的眼睛
我已经精通谚语中的树种和沙地
倚着墙的嘴唇，寻找到它的回声
女孩儿梳着头发，我有银色的发带
我有某颗小行星的转动
我看见了平坦的早晨——多么的年轻

陌生海岸小驻

一个陌生小站
树影在热带的喘息中摇摆
我看见的事物，从早晨回到了上空

谷粒一样的岩石散落在白色海岸
——整夜整夜的工作，让船只镀上锈迹
在这里，旅人的手是多余的
海鸟的翅膀是多余的
风捉住所有光明
将它们升上教堂的尖顶

露水没有片刻的犹疑
月亮的信仰也不是白昼
——它们隐没着自身
和黝黑的土地一起，吐出了整个海洋

雾中的北方

清晨出门的人是我
一个从高山辨认平原的人

大雾就是全部的北方
即使在创伤中也只能试探它的边沿
我猜想它至少活过了耳顺的年纪

那些荨麻、棉花、呼啸沉进大地的钻井
都通通被施以迷途

我还是看见了北方的心痛
被铁轨攥紧松开松开攥紧
大雾弥漫
每一块好肉都钻心刺骨
过路的人是我
——说谎的人是我

消　逝

你一定不知道
杨树落叶和一些事物的消逝很相似
从什刹海先落　隔壁的古巷不会觉察
从古巷落的　数个月前的预感
就已让它心形的叶子，憔悴
等着变黄

所有的杨树都会落光叶子
你一定不知道

哪一片曾被我捡起　带走
这又有什么关系
冬天会把每一截枝丫、每一片残叶都冷透
而大地从未感到过失去

是什么让海水更蓝

我们说起遥远的故地　像一只白鹭怀着苇草的体温
像水　怀着白鹭的体温
它受伤的骨骼　裸露的背脊　在礁石上停栖的细足
有时我们仔细分辨水中的颤音
它是深壑与深壑的回应　沼泽深陷于另一个沼泽
在我的老家　水中的事物清晰可见
包括殉情的人总会在第七天浮出——
我这样说的时候是在爱
我不这样说的时候，便是在痛
即使在南方
也一定不是九月　让海水变得更蓝
我们彼此缄默时
你在北方大地看到的水在入海口得到了平息

潮　骚

天擦黑的时候　我感到大海是一剂吗啡
疼痛的弓弦从浪花中扑出阵阵眩晕
我们都忘记了肉体受伤的经过
没有在波涛上衰老　生长就显得邈远卑微

深秋　海水秘密增加着剂量
过度的黑　过度的取信
作为临时的灯塔　我被短暂地照亮
光的经验不可交换
指南针和痛感均失效
我在船只错身处成为昏沉的瘾君子

渔父　街市　鸟羽上镌刻的箴言
幻象一样闪现、安抚、退出
天幕和潮汐一齐落下
再也找不见人间流动的灯河
一个人的眼睛
怎么举起全部的大海　蔚蓝的罂粟

旅人记忆

睡前,谈论起旅途中最轻巧的部分:
稻子和稗子成熟着同一块土地
岸上,幼蟹留下图腾一样的纹路
荒凉的海湾中白鹭几只……

数年后,岛屿依然是熔化中的银
我追逐着一个未被开发的梦
我总是相信,在睡眠中访问过淡咸水交界的低地

年代久远的矿山不再让我着迷
伸手拦住一个头戴纱巾的女人——
她要走上拥挤而肮脏的海鲜街道
这里有过的辛酸和咒骂、妊娠和怜悯
她掩藏着自己的下颌
不向我回答什么,凉棚底下全是陌生的旅人

多少岛屿,多少旅程,多少睡梦已过去
重复的事物阻止我走向更深的海岬

唯有那女人头巾上的金属饰片,在正午反光
冶炼着一个我从未见过的港口

——来吧,她说
在这里,人人都梦想着后代的记忆
忘记了辛劳的一生

橙　子

我舍不得切开你艳丽的心痛
粒粒都藏着向阳时零星的甜蜜
我提着刀来
自然是不再爱你了

杧果树

我是在南方　结满青色小杧果的大路旁
它们被这日光富足的地域诱惑

袒露着发育不完整的乳房

一颗未成熟的杧果　　藏掖着不强硬的内心
这是终年被曝晒着的南方
许多的姐妹熟睡着　　把皮肉都酿成多汁的黯黄

给我一个青色的小杧果吧
我对南方喊一声故土和漂泊
那条大路突然广阔起来
连绵几十里　　尽是杧果树

幼年时代的彗星

我准备好了　　一个夜晚一双肉眼
母亲的手在空气中画出圆弧
光芒由远及近　　破碎的瓷瓶
越来越稀薄的金粉
一颗星球对另一颗星球投下狭长的一瞥
它什么也不带走　　我的眼睛眨也不眨
母亲说出它拗口的名字
我幼小的心被它的尾翼轻轻扫了一下：

它曾经照耀过　仰头观望它的人
在什么样的光年里
他们为自己的宇宙欢欣哭泣
星球背过身　我即刻生出成人的骨架
所有眼神都被大气层摩擦
我肉身单薄
地球付出百年以内的许诺
彗星迟迟不再谋面　哪怕是其他一颗

癸巳年正月凌晨遭逢地震

一场雪崩睡在我隔壁
母亲睡在我的身旁
她的鼻息　脆弱得不像孕育过的妇人
我搂着他耳普子山的袍袖
它让我贫瘠　荒芜
无法知晓在凌晨　谁人使出利斧
砍断了大地的琴弦

母亲的声音　沉毅得不像瓮中的女人
"你要像天明一样，穿戴美丽"

我想，发髻上最好有一朵白山茶
他耳普子一定不会吝惜赠我

奔逃的路　还未苏醒
巫师未与我话明吉凶
母亲的手随着大地颤动
她抚摸过烛台　再抚摸过我的头顶
——我想我的脸上肯定盛满了光
我心愿了无

母亲的遗憾是没有年轻的男人在这个时候爱上我

长　夏

更南边来的人，会懂得夏日如此漫长
有时河和海一样没有尽头

白鸟的滑翔比机翼轻盈
躲避风暴，是醒着的时候要做的事
只有在水上漂流过的人
才会真正去信任一艘船

只有南边来的人，会捡拾豆荚状的种子
天空扑打着蓝色、绿色的脏器
现在，凤凰木和杜英树静静整理着花冠
人们抬头，感到远处正有船只驶来

夏日轻易地找到了南方，和几粒橄榄一样
一些沾着盐，一些蘸着糖

云南的声响

在云南　人人都会三种以上的语言
一种能将天上的云呼喊成你想要的模样
一种在迷路时引出松林中的菌子
一种能让大象停在芭蕉叶下　让它顺从于井水
井水有孔雀绿的脸
早先在某个土司家放出另一种声音
背对着星宿打跳　赤着脚
那些云杉木　龙胆草越走越远
冰川被它们的七嘴八舌惊醒

淌下失传的土话——金沙江
无人听懂　但沿途都有人尾随着它

山坳里的藏报春

蜿蜒的公路在我身体里漫游
山坳平躺　灵魂跋涉良久
山神俯瞰之下
是谁要把火日卜筮的明月还给草甸

艳阳普照　峰回路转
梅花的白和桃花的红交替出现
我渴望　在山峦庞大的心房里无限渺小
像那一束紫色的藏报春　娓娓开放
轻轻摇曳　在溪水沉向日暮的转弯处
给你一剂　致命的温柔

青 海

我是未成熟的青稞地　孤独匍匐
大开大合的疆域和湖泊
小小的一次战栗　就将水里的云连根拔起

我爱的姑娘从远方来
花儿是一种无医可治的情歌
类似黑毡帽下的回眸
我静静注视你　从地平线上升起

好几世了
青海的太阳　蒙着眼泪

西 藏

赐我最宁静的大悲大喜
越过牦牛黝黑的背脊　僧侣们麻衣清净
不知下落的雪水和冰川　在经书里化为莲花
你看　我是山麓　最北的星辰普照

从江水源头一路跪倒
仪式是白色的鹰　我的肉体被啄空
赐我出窍的定力
我爱的一切啊　哪一片掉下来
扬起漫天风雪

哪一片被巨大的乌云和天葬师擎起
不让尘埃　回到我的身上

草 原

再热烈一些　这耀眼起来的云天
这打马不动的肥美草甸
我大老远地把脚印踩湿
这磕绊　这周旋　这深陷
全因这水里密不透风的树影和爱怜

再安静一些　我的秘密的询问
一匹白色的马甩着响尾
我要的蓝天是枣红色的驹子

再沉默一些
我是茫茫四野　唯一不说话的牛羊

洱　海

傍着苍山　我再也不愿想起风花雪月
把爱和怨留给吹不落的梅里雪山吧
我是海　是你说了一句至死不渝的情话
穿过我的耳郭

我需要众多的雨水和河流来补给
来丰腴我深澈的内心　辽远的目光
不愿被浮云和蓝天卷走的爱欲和向往

不　我也不愿是缠绵涌动的海
我与鸥鸟　下关的大风
上关的十里香花　一起填平人间孤寂的沟壑

听　我在月光中俯下身躯
就有千万句愈合伤口的诺言
穿过每一只带着隐疾的耳朵

春风到处流传

正午的水泽　是一处黯淡的慈悲
一只鸟替我飞到了对岸
雾气紧随着甘蔗林里的砍伐声消散

春风吹过桃树下的墓碑
蜜蜂来回搬运着　时令里不可多得的甜蜜
再没有另一只鸟飞过头顶
掀开一个守夜人的心脏
大地嗡嗡作响
不理会石头上刻满的荣华
也不知晓那一些将传世的悲伤

龙山公路旁小憩

近处有松树　苦楝树　我不知道名字的阔叶树
它们高高低低　交错生长又微妙地相让
大地上　腐叶正顺从着积雪
我知道　之后的岁月
是孤单难以自持的融化
是寂静无声的繁华
是风偶尔打乱高处的秩序
也依然　是枯荣如年轮滚动
一世重叠着一世　碾进沉默的土壤
那种感觉　也许就像——
我坐在公路旁　听人说起天葬

创作谈

劳 作

喜欢在飞机快要降落前，从舷窗俯瞰大地的风景。连绵起伏的群山、纵横交错的河流、参差错落的村落和城市……山川草木以亿万年的演进和繁衍塑造着这颗星球的面貌，人类在其间，以自身的劳作参与了这塑造。

无数次，我俯瞰着自己家乡的土地，着迷于人们在高原之上的生息。想象着山坳里的人是怎样"将天上的云呼喊成想要的模样"(《云南的声响》)；那些金沙江上的死者又是如何"在水中清洗罪孽、悔恨、冤屈"(《金沙江上的死者》)……终日在山间劳作的人汗水淋漓，密林中偶尔也会响起古老的民歌："太阳歇歇嘛，歇得呢，月亮歇歇嘛，歇得呢，女人歇歇么歇不得，女人歇下来么火塘会熄掉呢。"我自幼和他们一起，生活在这片多民族的土地上，我熟悉他们的方言和腔调，他们清亮的歌声和唱和带给我诸多诗意的启蒙。那些"赶马走过江边，抬头看云预感到江水的体温"的人（《劳作》)，也曾教会我一种关于诗歌的技艺。

我也喜欢俯瞰其他人的家乡和他们生活过的城市，陌生的风景总是带给人新鲜的感触。"船在海上，马在山中"的时辰(《梦游人谣》，洛尔迦)，我感到了绿色的风，银子般沁凉的眼睛仿佛遥遥与我对望。在晦暗的波涛之上，"时间怎样环绕着繁星凿出一个天穹"（狄兰·托马斯),而"恒河的水呵,接受着一点点灰烬"(穆旦)……那些与我隔着万千时空的诗人们,让我对陌生之地感到亲近,我猜想他们是在某一棵橄榄树下或哪一扇窗前,日复一日地沉思、工作,用诗行等待着未来时空的来客。

有一次,从广州飞往北京的航班上,邻座的一位中年女士与我攀谈。她自述常年从事旅游行业,天南地北到处跑,却从没有好好享受过旅行的乐趣,她的母亲过世后她就一直坚持素食。她也问我从事什么工作,但我并没有告诉她,我是一个诗人。虽然我此番飞行是以"驻校诗人"的身份回到首都师范大学,因为我很怕她向我提问:"诗人"是一种什么样的职业,诗歌又是什么、它能为我们做什么?当然,作为一个诗人并不需要时常向别人解释和回答这些问题。但,我们又必须不断向自己这样提问。待我们分别之后,我想,如果要向这位陌生女士解释诗人在从事什么样的工作,他们在如何工作,也许可以说诗人就是要用自己的语言说出我与她那般短暂的相遇、我们那些无意识复制的日常生活、有意识的内心渴望。还有,我与她都可能未曾觉察的人类共通的命运与情感。

——如是,诗人的劳作似乎变得十分艰难。特别是身处这个社会交互性极强、信息传播也异常发达的时代。我们坐上高速的交通工具去往各地,一日千里,地理意义和时空界限变得模糊,城市与城市相互雷同。我们不仅在自己的生活中辗转,还能不断体验到"别人的焦虑"和"别人的诗意"。我们所处的这个时代,是可以歌颂和平和安宁,但依然有灾难和战争出现在报纸头版的时代;是可以抒写农耕时代的缓慢,但人们大规模离开土地、昔日的村庄变得荒芜的时代。人们可以在世界的各个角落即时通话,也可以在多元的城市生活中仿若深山隔绝。现代科技不仅改造和规训着我们的生活，还把我们趋向人类内心世界和生命新的幽深之地。诗人那种"通过寂静，战胜时间"（伊夫·博纳富瓦）的"魔法"，在当下的现实世界中似乎成为"过时"的技艺。然而，当我们一次又一次出发或返航，当我们的"故乡"或者"家"成为一种时代的美学载体，我们意识到"诗意"是人类与生俱来的心灵天赋；"诗意地栖居"也是人类共同的向往。它和语言一样，在时代中演变，但从未与我们的心灵割裂。与其说我们的语言在表达我们的生活，不如说我们的生活在模仿我们的语言。人们在口耳相授的古老语言中传唱过的诗意和愿景，依然在此回响。我想，诗人的工作便是去建立连接"过去""当下"和"未来"的桥梁。诗人的工具——语言，则是我们在审度和甄别时代的趣味之后的心灵镜像。尽管时代的风声加速变迁，甚至超越了我们语言和想象力，但正是我们牢牢扎根于这片土地、这颗星球，我们还在仰望浩渺宇宙，以各种方式的创造获得此处的安宁和"人类存在的实证"（路易斯·卡多索·阿拉贡）。我认为诗人能够有幸成为这样的一员，这就是写作的尊严和荣光。

有时，我会在飞机上度过一段全然幽闭的阅读时光，沉浸在那些伟大心灵所创造的世界里。我深深感到他们不仅仅属于那个没有飞机和高铁的时代，他们心灵的烛照正如此鲜活地启示着此刻的现实，预言着我们的未来；而我，却有幸成为他们在这个时空的一位交谈者。就像不同航班上曾与我错身的旅客，我们也许不会记得彼此的面孔，也不会了解对方的生活，但诸多我们无法深入体察的黑洞一样的事物，有可能以另一种形态的智识与我们的心灵产生呼应，与我们的人生发生关系。当飞机降落，我们用脚步反复丈量过的土地依然带给我新鲜的热度和痛感。一代代人在这里生活，他们中有挥汗如雨的户外劳力者，也有在网络世界中追逐的新兴一族；有身兼数职的中年人，也有天真烂漫的孩童；有愿意为他人奔走呼号的人，也有独善其身而不能的人。他们在自己的命途中行进，与我擦身，我亦融入他们之中。我曾在诗中写道，"我并不比一个农夫更适合做一个诗人……他用一个寓言为我指点迷津"，诗人也如农夫，在属于自己的领土上耕作，试图说出时代的寓言。

当我从夜晚的航班穿越浓重的黑暗俯瞰地表，那些熟悉或陌生的城市灯火明灭，一如银河映照、星座相拱。我长久地感动于这一个个被无数灯火选中的夜，也感动于自己见证过这样的自然与人迹。我也曾认为，"我并不比一只蜜蜂或一只蚂蚁更爱这个世界 / 我的劳作像一棵偏狭的桉树"。然而，在长年累月的劳作中，我比从前更加热爱这个世界，也更珍视人类对这个世界那些有限又宝贵的投入。我想，这也是诗歌对我的教育。